光文社文庫

文庫書下ろし

SCIS 科学犯罪捜査班V
天才科学者・最上友紀子の挑戦

中村　啓《ひらく》

光　文　社

この作品は光文社文庫のために書下ろされました。

「ＳＣＩＳ　科学犯罪捜査班Ｖ」目次

ＳＣＩＳ　科学犯罪捜査班Ｖ　おもな登場人物

小比類巻祐一……警察庁刑事局刑事企画課所属。警視正。34歳。ＳＣＩＳチームを率いる。

最上友紀子……元帝都大学教授。天才科学者。祐一の大学時代の知人。ＳＣＩＳチームの一員。34歳。

島崎博也……警察庁刑事局刑事企画課課長。警視長。42歳。

長谷部勉……警視庁捜査一課第五強行犯殺人犯捜査第七係係長。警部。47歳。ＳＣＩＳチームの一員。

玉置孝……警視庁捜査一課第五強行犯殺人犯捜査第七係捜査員。巡査部長。35歳。ＳＣＩＳチームの一員。

山中森生……警視庁捜査一課第五強行犯殺人犯捜査第七係捜査員。巡査。26歳。ＳＣＩＳチームの一員。

江本優奈……警視庁捜査一課第五強行犯殺人犯捜査第七係捜査員。巡査。28歳。ＳＣＩＳチームの一員。新任。

カール・カーン……国際的な非営利団体、ボディハッカー・ジャパン協会代表。

SCIS 科学犯罪捜査班 V

序章

部屋着に着替えた小比類巻祐一《こひるいまきゆういち》は、リビングのソファに座ると、ノートパソコンを開いて、あるアプリを起動させた。町田《まちだ》にあるマンションの七階で、先ほど帰宅したばかりだった。階下に住む母親の聡子《さとこ》と娘の星来《せら》と一緒に食事を取り終え、上階に上がってシャワーを浴び、これから一人で毎晩の儀式を行うのだ。

画面に現れたライブ映像は、アメリカのトランスブレインズ社の所有する冷凍保管庫内部で、銀色の繭《まゆ》のようなポッドが無数に立ち並んでいるエリアである。アプリを操作すると、カメラのアングルが切り替わり、そのうちの一つをズームアップした。ポッドの上部には楕円《だえん》形の小窓が切られ、眠れる美しい女の顔が見える。動画であるが、静止画のように動きはない。

「亜美《あみ》……」

祐一は画面に向かってささやきかけた。

がんで余命いくばくもなかった妻の亜美は、トランスブレインズ社の技術によりマイナス一九六度の液体窒素の中で冷凍保存されている。将来、人類ががんを克服し、死者を解凍する技術を手にしたとき、亜美は目を覚ますのだ。

「きみに会いたいよ。大きくなった星来を見せてやりたい。三人で旅行に行ったり、遊園地で遊んだり、思い出をいっぱいつくりたい……」

胎児に影響を与えたくないがために、抗がん剤による治療を断り続けた結果、亜美は星来を産んで一週間後に他界した。亜美が生きていたなら果たせていた夢の数々が頭をよぎり、祐一は目頭が熱くなるのを感じた。

亜美と再び会いたいと願い、愛おしく思えば思うほど、亜美に隠された謎について知りたいという想いもまた募った。

亜美はクローンだった。三十五年前、亜美の母、四宮久美《しのみやくみ》が不妊治療を受けている最中に、担当医が何者かのクローンの受精卵を移植したと思われる。その担当医はボディハッカー・ジャパン協会のメンバーだった。

ボディハッカー・ジャパン協会とは、科学技術の力により人間を次のステージへ進化させようという思想、トランスヒューマニズムの信奉者たちが集う組織である。その頂点にいるのが伝説的な人物、カール・カーンだ。

カール・カーンもまたクローンであり、そのオリジナルは次期ノーベル医学生理学賞候補の呼び声も高い、古都《こと》大学名誉教授の榊原茂吉《さかきばらもきち》ではないかと思われた。

榊原茂吉がなぜカーンのようなクローンをつくったのかは推測するしかない。

一つには永遠に生きるためだ。個人の肉体は老衰していつかは滅んでしまう。自分のクローンをつくれば、肉体は生まれ変わり、また意識と記憶を移し替えれば、若返った状態で〝生まれ変わる〟ことができる。

カール・カーンに似たクローンたちは榊原がつくったに違いなく、三十五年前という時代、クローンを作製できうる人物を考えれば、亜美もまた榊原茂吉が作製したクローンに違いないが、彼女のオリジナルが誰かはわかっていなかった。

「きみが誰のクローンであっても、ぼくのきみへの愛は変わらないよ」

嘘偽らざる気持ちとは裏腹に、亜美の出生の秘密を知ってしまったら、それまでの気持ちではいられなくなってしまうような恐怖も感じているのだった。

本当に亜美への愛は変わらないままでいられるだろうかと。

真相を知るためにも、榊原茂吉と相まみえなければならない。現在行方が杳《よう》として知れないが、榊原茂吉こそ祐一が最後に対峙《たいじ》するべき宿敵だった。

第一章　処女懐胎する少女

1

それは、神話の世界を除けば、人類史上、ただの一度も起こったことがないはずのものだった。

竹原友一《たけはらともかず》医師はもう一度、超音波診断装置の探触子《たんしょくし》と呼ばれるセンサー部分を、ベッドに横たわる少女の腹部に押し当てた。液晶モニターには少女の腹部、子宮内部の映像が映し出されていた。妊娠二十週ぐらいの鶏卵ほどの頭部をした胎児が鼓動に合わせて動いている。

竹原は少女の顔をうかがうように視線を向けた。三浦歩美《みうらあゆみ》はぼんやりと天井を見上げていた。自分の身体で起こっていることにまるで興味はないかのように。まだ幼い顔は十一歳のものだが、どこか醒めた成熟さがひそんでいるような気がした。身長が平均よりも高めなので、初潮も早かったのかもしれない。

竹原は再び少女の膣口《ちつこう》を観察した。開口部を塞ぐように膜が覆っている。触診により通常よりも厚みがあることがわかる。

傍らにいた女性看護師が少女に聞こえないように小声で言った。

「先生、再生手術を受けたのではないでしょうか?」

その可能性は脳裏をかすめていた。

竹原は首を振った。

「これは処女膜閉鎖症だ。再生されたものではない」

処女膜とは膣の入り口にある粘膜の襞《ひだ》であり、膜が覆っているわけではないが、稀に処女膜が膣口を完全に塞いでいる症例がある。処女膜閉鎖症と呼ばれるものだ。膣壁の粘膜を縫い合わせる再生手術を施そうとも、完全な無孔《むこう》状態にすることは不可能である。

認めざるを得なかった。

この少女は処女であり、かつ妊娠していると――。

診察室の片隅で、永山明彦《ながやまあきひこ》と名乗る六十絡みの男が椅子に腰かけ、両手を組み合わせて祈っていた。外の待合室では少女の母親を含む永山の仲間たちが十数人ほど詰めかけ、やはり祈りを捧げながら待機していた。〈光の門〉という名の新興宗教団体だという。

——ある少女を診察してもらいたい。

永山から依頼を受け、その症状を聞いたとき、竹原は性質《たち》の悪い悪戯《いたずら》だと思った。少女は性体験がないにもかかわらず妊娠しているというのだ。しかも、これまで三人の医師が、少女が処女であることを確認済みだという。永山は知名度のある医師のお墨付きを得たいと、竹原に連絡を寄越したのだった。竹原友一はテレビや雑誌にも頻繁に顔を出す、タレント医師として活動している。

——セックスはしていないが、妊娠してしまった。

産婦人科医である竹原がたびたび耳にする狂言的な言い訳のひとつである。妊娠したことに動揺し、セックスに罪悪感を抱いている少女たちは決まってセックスはしていないと口にする。実物を目にするまでは、三浦歩美のケースもそれらと同様のものだと思っていた。

永山が腰を上げ、竹原に歩み寄った。

「先生、この子が処女であることは間違いありませんよね」

すぐには答えることができなかった。うっすらと膨《ふく》らんだ少女の腹部に、竹原はそっと手を這《は》わせた。高度な技術を持った医師ならば、CTで三次元的な座標をつかみ、腹部に孔《あな》を開けて、子宮に受精卵を移植することは可能だろうか。竹原はかぶりを振った。

いや、どう考えても不可能だ。

「先生、どうなんですか？」

竹原は少女に視線を向けた。少女は相変わらず虚《うつ》ろだった。

竹原はついに言った。

「間違いない、と思います」

「この子は妊娠しており、そして、処女なんですね？」

「……はい」

永山は興奮気味に大きくうなずいた。

「では、妊娠しており、かつ処女であると診断書を書いてください」

竹原はラテックスの手袋を脱ぐと、デスクの引き出しから診断書を取り出した。ペンを持つ手が震えていた。自分がいま記そうとしていることは、これまでの人類史をひっくり返す可能性を秘めている。

科学的な見地に立つ者が認めてもいいものだろうか。

永山が急《せ》かせるように手元を覗き込んだ。竹原はペンを走らせた。何だかペテンにかけられたような気がしたが、自分は見たままを診断したのであり、まぎれもない事実を記したにすぎない。

この書類が世に出たらどうなるだろうか。その後、どのような混乱が巻き起こるだろうか。その責任を自分は取れるだろうか。

「先生、診断書を」

竹原が診断書を渋々手渡すと、永山はじっくりとそれに目を通した。そして、一礼すると診察室を飛び出していった。続いて、待合室のほうからどっと歓声が上がった。

後悔の念が津波のように竹原を襲った。もう後戻りはできない。迂闊《うかつ》にも永山の依頼を承諾してしまった自分の不運を呪った。

「現代の医学では説明がつかない……」

竹原は重いため息をついた。

三浦歩美は静かにしたまま、お腹の上に両手を重ねていた。醒めた目は天井の先をじっとながめていた。

2

カール・カーンは滝行を終えると、滝つぼの縁まで泳いだ。ここは東京の西の端、西《にし》多《た》摩《ま》郡にある村の外れで、周囲を深い自然に囲まれている。所有する敷地内には、ボディハッカー・ジャパン協会の六本木にある近代的な本部ビルとは打って変わって、素朴な外観をした平屋建てのログハウスが建っている。ログハウスの裏手に滝行を行える滝つぼがあるのだ。

水面から上がると、スキンヘッドの男がアジサイの枝に掛けられたバスタオルを放ってきた。カール・カーンは一瞬混乱した。自分がそこに立っているように思ったからだ。それほど男の顔は自分とそっくりだった。違いといえば、自分とは違って両手両足が義肢ではないことだ。

カール・カーンはすぐにその名前を口にした。

「小《こ》宮《みや》か？」

小宮裕司《ゆうじ》はカラフルなアロハシャツに白いスラックスを穿《は》いていた。まるでリゾート地からそのままここまで歩いてきたかのようだ。頭も顔もほんのりと赤く焼けている。

小宮は薄く唇を歪めた。

「忠実な右腕の名を忘れたのかと思った。まあ、こうも右腕が何本もあって、みんな同じ顔をしていれば、間違えることもあるだろうけどな」

小宮は顔に真剣な表情を浮かべると、続けた。

「聞いたよ。沢田《さわだ》が捕まったんだろう」

沢田克也《かつや》はカーンの右腕として、汚れ仕事を手がけてきた男である。任務遂行中に殺人未遂の現行犯で捕まってしまった。現在勾留中であり、いくつもの殺人の容疑がかけられており、そのほとんどには物的な証拠がないとはいえ、うち一件は殺人を遂行しようとしたところを押さえられている。実刑は免れないだろう。沢田はカーンと同様にクローンであり、小宮もまた同じくクローンであった。ともにオリジナルは榊原茂吉である。

「何も問題はない」

カーンは動じない声で言った。

「沢田はやるべきことを心得ているはずだ」

小宮は少し肩をすくめると、ため息交じりになって言った。

「だが、無念だろうな。おれたちには本当の意味での自由がない」

カーンは何も言わなかった。内心では、小宮の言うことがよくわかっていた。

小宮は苦々しげに続けた。

「おれたちクローンはコネクトームが似ているからという理由で、オリジナルと記憶共有をさせられた。記憶、意識、さらに深い潜在意識でつながっている。おれはおれであっておれじゃない」

記憶共有とは、変性意識状態下にある複数人の脳を並列につなぎ合わせ、電気刺激を与えてやることで、彼らの意識と無意識を互いに共有させるという研究である。脳の神経回路の地図、コネクトームが遺伝的に似通っていることが条件であり、一卵性双生児かクローンの間でなければ、記憶共有は成功しないという。

カーンたちクローンは榊原茂吉の意識と記憶を共有している。実験は完璧な成功とは言えず、クローンたちは各々個性を持ち、別々の人格を持ってはいるが、ある程度の意識と記憶を共有し合っている。

彼らはある程度までは榊原茂吉である、と言えるのだ。榊原茂吉がそうするように思考し、榊原茂吉がそうするように行動する。ある程度までは。

カーンはバスタオルで水滴を拭いながら応じた。

「おれたちはほぼ榊原茂吉だ。そのようにして生まれたんだ。だがしかし、すべての自由意思が奪われているというわけじゃない」

小宮がその意見には賛同しかねるというように小首をかしげた。

「それはどうだろうな。おれもまた、こうしておまえのところに来ているんだ。会いたくもないのに、おれの中の榊原茂吉がそうさせている。メインの人格を乗っ取られているような感覚には反吐《へど》が出るね」

カーンは小宮の愚痴《ぐち》を聞き流した。バスローブを羽織り、ログハウスのほうへ歩き出した。小宮の言うことがわからないわけではない。カーン自身も自分の中にある大小二つの人格の存在には困惑させられてきたのだ。

「おれたちは邪悪な存在だよ」

小宮が続けた。

「生まれたばかりの赤ん坊の心は真っ白だっていうじゃないか。だが、おれたちは生まれ落ちた瞬間から心のキャンバスに古い絵が描かれているんだ。おれたちに選択の余地はなかった」

古い絵——榊原茂吉の意識と記憶。カーンは瞑想《めいそう》の修行に光を見出そうとしてきた。意識を鎮《しず》めている間だけは、本当の自分とも呼べる魂に出会えるような気がしたからだ。

カーンが何も言わずにいると、小宮はがっかりしたように肩をすくめた。少しは愚痴に付き合ってもらいたかったのかもしれない。同じ悩みを共有し合えるはずの仲間であるカーンに。

小宮はくるりと背中を向けると、さよならも言わずに去っていった。

沢田克也は狭い留置場の中で一人覚悟を決めていた。

榊原茂吉のクローンであり、同じクローンたちが何十人といた。榊原とクローンたちの間では定期的に記憶共有が行われ、沢田も一年前に榊原の意識と記憶を共有していた。

それは沢田の意識のメインが榊原の意識に乗っ取られたような感覚だった。

意識をコンピュータにアップロードできるほど科学が進展すれば、完璧な形での意識と記憶の継承、いわゆる不死が現実になるだろうが、それまではこの記憶共有による不完全な形の意識と記憶の継承によって命を次世代につなげるしかない。

沢田は口の中に右手の指を突っ込んで、右上奥歯をひねった。かちりと音がして奥歯は抜けた。中にはトリカブトの毒の主成分であるアコニチンが十ミリグラム入っている。成人の致死量は二から六ミリグラムだといわれている。確実に死ねる量だ。

死ぬのは怖くはなかった。たとえ沢田個人が死んでも、沢田の、より正確に言えば榊原の意識が消えることはない。クローンが存在する限り、彼らの中に残り続けるのだから。

かすかに残る沢田独自の意識が恐怖の声を上げたが、メインの意識はそれを黙らせるほど論理的だった。

刺客《しかく》として生きてきた自分はこうして拘束されてしまった以上、生きていても意味をなさない。警察の長い取調べを受けて、無駄口を叩かないとも限らない。いまが潮時だった。

沢田は奥歯を嚙み砕き、アコニチンもろとも飲み下した。

3

霞《かすみ》が関《せき》二丁目、中央合同庁舎二号館にある警察庁刑事局刑事企画課の入ったフロアにて、呼び出しを受けた小比類巻祐一が課長室を訪ねたところ、上司の島崎博也《しまざきひろや》課長は応接ソファに座り、コーヒーを啜っていた。いつになく眉間に深いしわを寄せて、厳粛な雰囲気を漂わせている。例のごとくストライプ柄の濃紺のスリーピースを着こなし、フレームレスの汚れ一つない眼鏡をかけていた。眼鏡の奥の眼光は鋭く、高圧的な印象を受ける。

促されて対面の席に座ると、島崎は「飲むだろう？」と祐一の分のコーヒーを淹《い》れてくれた。島崎はコーヒーマニアであり、日に何杯飲むかわからない。仕事をしている時間よりもコーヒーを飲みながらゆっくりしている時間のほうが長いのではないかと、祐一は最近いぶかしんでいる。

険しい表情のまま島崎が口を開いた。

「沢田が自殺したそうだな」

「ええ」

祐一は沢田の取調べを担当していた警視庁捜査一課の長谷部《はせべ》から聞いていた。

「奥歯に仕込まれたアコニチンという毒物を飲み下したということですが、信じられません。どう見ても、自殺をするようなタイプには見えなかったものですから」

「そのようだな。だが、自殺したのは間違いない」

「ええ。クローンというのは特殊な死生観を持っているのかもしれません」

島崎が怪訝《けげん》な表情を向けた。

「というと？」

「沢田は記憶共有によって他のクローンとともにオリジナルの榊原の意識を共有していました。言うなれば、榊原という自分が複数いるわけです。たとえ、沢田一人が死んでも、他にまだ分身がい続けるわけですから」

「ふむ。彼らにとって、死はさほど恐れる事態ではないのかもしれないな」

「かもしれません」

島崎が眼鏡を外して、目頭をもんだ。

「しかし、これで宿敵である榊原茂吉やカール・カーンを追い詰めることはできなくなってしまったぞ」

祐一も苦々しくうなずいた。

「そうですね。すっかり行き詰まってしまいました」

カップに手を伸ばそうとすると、島崎が「ブラックアイボリーだ」と言った。

「はい？」

「そのコーヒーだよ。コピルアクは覚えているだろう？」

「ええ、この前いただきました。ジャコウネコの糞《ふん》から採取されるコーヒー豆とのことでしたね。その製法はともかく、芳醇《ほうじゅん》、かつ、まろやかな味のコーヒーでしたが」

「そうそう。で、今回はブラックアイボリーだ」

祐一は伸ばしていた手を引っ込めた。話の先を聞いたほうがよさそうだ。

「また何かの動物の糞から採れるコーヒー豆を使用しているんじゃないですよね？」

「ブラックアイボリーは、ゾウの糞から採取されたものだ。コピルアクより値段が高い」

島崎が先にコーヒーを飲んだので、祐一もカップに少し口をつけた。意外なことにフルーティな甘みをかすかに感じたような気がした。

祐一は、どうして動物の体内を通過し糞に交じったコーヒー豆がより旨くなるのか、不思議でならなかった。

「そのうち、人は人糞から採れるコーヒー豆を淹れて飲むようになるでしょうね。そうしたら、わたしは飲みませんけどもね」

「ああ、そうなったら、おれも考えるな」

考える？　考える余地があるのだろうか？

島崎は一つ重苦しいため息をつくと、口を開いた。

「さて、本日の本題に入ろうか。いま日本中を騒がせている例のニュースのことだ」

祐一は眉をひそめて上司を見た。

「……処女懐胎の件ですか？」

「そうだ」

二日前、驚くべきニュースが日本中、いや、世界中を駆け巡った。

青森の戸来《へらい》に住む十一歳の少女が、処女でありながら、妊娠したというニュースが飛び込んできたのだ。いわゆる処女懐胎である。現在、少女は妊娠九カ月目に入っており、いつ陣痛が起きてもおかしくない時期にあるという。

通常の場合、処女懐胎とは、聖母マリアが男女の交わりなしにイエス・キリストを身《み》籠《ご》もったことを指す。あくまで新約聖書の中での話であり、当然ながら、現実の世界では起こりえないことだ。

テレビなどでも見かける著名な竹原友一医師が、少女が処女でありながら妊娠していることを確認したらしい。竹原医師はマスコミに追い回され、その挙げ句、どこかに雲隠れしてしまった。

驚かされたのは海外の反応だった。日本のメディアは半信半疑といったスタンスを取り、B級ニュース扱いで報じたのだが、海外メディアは違った。特にキリスト教徒の多い国、欧米や南米では大変な衝撃をもって報じられた。イエス・キリスト以来、いや、人類史上初めて処女懐胎した少女が現れたのだ。生まれてくる子はイエス・キリストと同じ神様だろうというわけだ。

少女には〈光の門〉という新興宗教団体が取り巻いており、生まれてくる子を第二のイエス・キリストと崇《あが》める気満々でいる。彼らは主要な研究機関に少女と胎児の検体を送り付け、ゲノムの解析を依頼している。その中には科学警察研究所の名もあるというが……。

島崎は大きなため息をついた。声は思った以上に深刻な色を帯びていた。

「世界中のSNSでキリストの再来だと話題になっている。初めは相手にしなかったまともな人間も、著名な医師のお墨付きだとなれば、ちょっとは信用してみようという気になるからな」

祐一はなぜ島崎が事態を重く見ているのかわからなかった。

「放っておけば、そのうち収まる類《たぐい》のものではないですか」

「いや、そうでもない。宗教問題になりつつある。科学万能の時代とはいえ、世界の多くの国々はいまもなお宗教国だ。おまえは、世界におけるキリスト教信者の数を知っているか？」

「さあ、けっこう多いとは思いますが」

「世界人口七十億人のうち二十億人を超えるといわれている。世界の大半の国がカトリック、プロテスタントなど多くのキリスト教信者を抱えているんだ。それらキリスト教国にとって、処女懐胎が現実に起きるなど黙って看過できない事態だ。なぜなら、神の子イエス・キリストの神性の根源が聖母マリアの処女性にかかっているからだ。絶対に他者が真似できない方法で生まれ落ちたからこその、キリストの神性なわけだよ」

「なるほど。納得の神性ですね」

「さらにだ。事態を悪化させているのは、少女が生まれた地というのが、青森県の戸来だからな。新郷《しんごう》村の戸来には、イエス・キリストの墓があるという言い伝えがあってな。イエス・キリストがはるばる日本の青森まで落ち延び、戸来で生涯を終えたといわれている。〝戸来〟の音が〝ヘブライ〟に似ていること、ユダヤのシンボルである五芒星《ごぼうせい》を代々家紋とする家があるなど、いくつか根拠があるそうだ」

「それは都市伝説の類でしょう？」

島崎は小さく咳払いをした。

「そうであればいいんだがな。事態が大きくなれば、国際問題に発展する可能性がある。最悪の場合には、わが国で原理主義者たちがテロを起こす可能性すら考えられる」

「そんな……」

ようやく祐一にも事態の深刻さが伝わってきた。

「とにかく、われわれとしては、この騒ぎを一日も早く収めたいと思っているんだ」

祐一はすっかり狼狽《ろうばい》してしまった。政治や外交は祐一の仕事の範囲を超えている。

「それで、わたしに何をしろと？」

「さっそくＳＣＩＳを立ち上げて捜査を始めてもらいたい。処女懐胎などありえないと科学的にも証明してもらいたいんだ」

「な、なるほど……。何らかのカラクリがあると思っているんですね」

「あたりまえだ！　なかったら、大変なことになるじゃないか」

島崎は憤然として立ち上がると、窓際に寄った。処女懐胎がインチキだと信じて疑っていないようだった。

祐一は尋ねずにはいられなかった。

「しかし、もし反対に処女懐胎にカラクリがないことが証明されたらどうなるんですか？」

島崎は振り向くと目を剝《む》いた。

「そんな事態は考えたくもないことだ。さっそく捜査にかかってくれ。以上だ」

4

小比類巻祐一が率いるチームはＳＣＩＳと呼ばれている。ＳＣＩＳとは、〈サイエンティフィック・クライム・インベスティゲーション・スクワッド〉、すなわち〈科学犯罪捜査班〉の略で、最先端の科学技術の絡んだ不可解な事件を捜査するために、警察庁刑事局の小比類巻祐一警視正をトップとして結成された特別なチームである。警視庁捜査一課の第五強行犯殺人犯捜査第七係の長谷部勉《つとむ》警部を実働部隊の長として、その下に三人の個性的ながら優秀な捜査員を置き、天才科学者の最上友紀子《もがみゆきこ》博士をアドバイザー的な存在として擁《よう》している。

最上博士は東京から南方に二八七キロメートル離れた伊豆諸島の八丈島《はちじょうじま》に居を構えている。そこには自身の研究室もあるのだ。たまに東京にいることもあるのだが、祐一が連絡を入れてみると、最上は八丈島のほうにいた。

「あら、祐一君じゃないの。毎日毎日暑いわよね。わたし？　わたしなら近くの海辺のパラソルの下で、カクテルをいただきながら日光浴をしているところ。こんなとき、わたしにも葉緑体《ようりょくたい》があったらなぁって思うのよね。呼吸をしながら、二酸化炭素を酸素に変換できるんだもの、環境にとってもやさしいじゃないの。その代わり、皮膚が緑色になってしまうことを甘んじて受け入れなくてはならないけれど」

「最上博士、大変な事案が発生しました」

「当ててみせましょうか。処女懐胎の件でしょう？　いまホットな話題だもんね」

「そのとおりです。至急、こちらへ来ていただけますか？」

「うん、いいよ。でも、わかっているよね？　飛行機で空を飛ぶ原理は科学的にまだ定かではないから、わたしは翌日の朝九時四十分のフェリーで向かうからね」

「はいはい、わかっております。お待ちしていますね」

　毎回このくだりでいらいらさせられながらも、祐一は何とか平静を装って通話を切った。

　次に長谷部に連絡を入れると、処女懐胎の件で招集がかかったことに驚いていた。長谷部もまた処女懐胎は眉唾《まゆつば》だと思っていたようだ。さっそく三人の部下たちに青森行きを命じると請け合った。青森には処女懐胎をした少女を囲っている新興宗教団体の施設や同団体を監視下に置いている青森県警警備部がある。

　翌日の夜九時。祐一と長谷部は警視庁にある空き会議室、捜査本部で最上の到着を待ち構えていた。長谷部はネイビーのスーツを着て、ブランドものと思われるお洒落な臙《えん》脂《じ》色のネクタイを締め、少々薄くなった頭髪を後ろに撫《な》でつけていた。鋭い目つきと厳《いか》めしい雰囲気は長年の刑事稼業で身についたものだ。

「まさか処女懐胎の事案で、おれたちに招集がかかるとはな」

長谷部は意外な事態に困惑を隠せない様子だった。

祐一も同意見だったが、島崎の真剣さが気になっていた。

「著名な医師が処女懐胎だと診断していることが気になります」

「少女を囲っている宗教団体にカネを積まれて、適当な診断をしたんじゃないのか？」

「竹原友一医師ほどの著名な人物がカネで買収されるでしょうかね」

「うーん、確かに……」

そんな会話を交わしていたら、ノックもなしにドアが開き、最上博士が入ってきた。

前髪が眉の上でぱっつんと切り揃えられ、ストレートボブというといつものヘアスタイルである。服装も相変わらずだ。ピンクのTシャツに、デニムのホットパンツを穿《は》き、足元は黒のスニーカーである。むき出しになった白い生足が目にまぶしい。どう見ても家出してきた中学生の少女にしか見えない。

「やっほー。祐一君にハッセー。二人とも、お待たせー」

「お疲れさん。相変わらず、博士は若いな」

長谷部が苦笑交じりに応じた。

祐一は律義《りちぎ》に一礼をした。

「博士、本日もご足労いただきありがとうございます。お疲れのところ、すみません。さ、座りましょうか」

「今日はもう遅いから、明日の朝にすればいいんじゃないかな」

最上がちょっと不満を見せたが、島崎から一日も早い解決を言い渡されている。部屋の中央に島の形に並べられた机に着くよう促すと、最上はしぶしぶながら椅子に腰を下ろした。

「ズバリおうかがいしますが、最上博士、処女懐胎などありうるのでしょうか？」

祐一がさっそく尋ねると、最上はここへ来る途中で買ってきたらしい最中《もなか》の包みを開きながら、間髪《かんはつ》容《い》れずに言った。

「ないね」

あまりにもきっぱりとしていたので、祐一は少しほっとしたほどだった。

「あるわけないよな。ははは」

長谷部はこれで一件落着とばかりに軽快な笑い声を上げた。

祐一は処女懐胎のカラクリを知りたかったので、なおも尋ねた。

「しかし、名のある医師が処女であり妊娠していると診断したそうですが、それについてはどうお考えですか？」

最上は最中の皮をぱらぱらとこぼして食べながら答えた。

「うーん。名のある医師がそう診断を下したというんなら、それをいったんは呑み込まなくちゃならないよね。どうやったら、人間でも処女懐胎して出産ができるかを考えなくっちゃね」

安堵《あんど》したのも束の間、祐一は動揺させられた。一言目には処女懐胎はありえないと言っておきながら、二言目には処女懐胎がありうる理由を考えたいとは……。

最上には最上のスタイルがあるので、祐一は仕方なく彼女の思考に付き合うことにした。

最上は実に楽しげな様子で口を開いた。

「実はね、自然界では処女懐胎って現象はさほどめずらしくないんだよ。生物学では、無生殖を行わないでメスが妊娠出産することを単為《たんい》生殖とか無性生殖というんだけど、脊椎《せきつい》動物の間では非常にポピュラーな生殖法と言えるの。卵細胞の減数分裂によって生じる〝極体《きょくたい》〟が精子の機能を果たして卵子を受精させるから、生まれた子供のゲノムは親とは完全に一致しない、いわば〝半クローン〟になるんだけどね」

「お、またおれには理解できない日本語か？」

早くも長谷部が理解を放棄してしまった。元理系の祐一はなんとかついていった。クローンという言葉を聞いて、俄然《がぜん》興味も湧いていた。

「さすがに哺乳類《ほにゅうるい》には見られないけれど、わたしたちに近い種の鳥類、爬虫類《はちゅうるい》、両生類にはいくつも事例があるんだよ。近年だと、イギリスの動物園で、世界最大のトカゲであるコモドオオトカゲが、単為生殖によって子供を産んだという事例があるよ」

最上はスマホでコモドオオトカゲを検索すると、祐一と長谷部に見せてきた。恐竜の生き残りのような姿形をした大きなトカゲだった。

長谷部が驚愕《きょうがく》の声を上げた。

「こんな大型のトカゲがメスだけで子供を産むっていうのかよ。衝撃だな。でもさ、生き物にはオスとメスという二つの性があるじゃないか。なのに、メスだけでも子を産めるっていうのかよ？」

「うん、そうだよ」

最上はあっけらかんとしている。

「であれば、オスは必要ないということになるのではないですか？」

「うん。実際、必要ないのかも」

祐一は言葉を失った。二つの性がありながらも、状況によっては、メスのみでも生殖が可能であるという。それならば、オスという種は何のために存在しているというのか？

「いまの言葉は人間のオスとしてショックだなぁ……」

長谷部のぼやきを無視して、最上は熱くなって続けた。

「だいたいオスとメスがする有性生殖、つまりセックスっていう生殖方法はね、なぜこれほどまでに生物界に広まっているのか疑問なの。だって、単純に考えれば、生命体が自分自身のクローンをつくり出すセックスなしの無性生殖のほうがずっと効率的に遺伝子を次世代に伝えられるんだからね。

他にもセックスでは、集団内のメスだけの半数しか子孫を産めないし、セックスに至るまでの労力、たとえば、番《つが》う相手を奪い合う競争や、卵子と精子の合体に伴うまでの競争、また、セックス中に捕食者に襲われる危険など、いろいろ問題点があるの。だから、セックスっていうのはね、本当に欠陥だらけといってもいい生殖方法なんだよ」

「どうでもいいけど、警視庁の会議室で、セックスって言いすぎ……」

長谷部が少し気後れしたようにぼそりとつぶやいた。

祐一はかつて学んだ生物学の知識を思い出しながら反論を試みようとした。

「オスとメスの遺伝子を半分ずつ受け継ぐことで、子供の遺伝子が親と微妙に異なることこそがセック……、有性生殖の利点であると聞いたことがあります。子孫がみな親のクローンであった場合、環境の大きな変化、たとえば、感染症にかかるなどの急激な変化が起きた場合、全滅してしまう恐れがありますからね。環境が変わりやすい場合は、異なる能力や耐性を持つ遺伝子の異なる子孫を生み出せる有性生殖のほうが有利なはずです」

最上はわかっているというように頭の上で軽く手を振った。

「うんうん、それもよく言われるよね。でも、ヒルガタワムシっていう、池や湖や道端の水たまりから湿地や苔《こけ》、地衣《ちい》類の茂みまでと水のある場所ならどこにでもいるワムシがいるんだけどね、セックスなしで繁殖するのね。三六〇種のヒルガタワムシが、七〇〇〇万年もの間、あらゆる環境の中で無性生殖のみで絶滅することなく生き延びているのよ。

つまり、無性生殖でも環境に適応できるようにはなるってこと。他の動物で行われた実験結果も似たように、セックスで適応力が増大するという証拠を示せずにいる。セックスという高いコストに見合う顕著な差はないと言っているの」

長谷部はめまいがするというようにかぶりを振った。

「オスという種はこの世に必要がなかったのか……？」

祐一は口を開いた。

「哺乳類以外の生命体の話は置いておきましょう。わたしは人間の場合を知りたいのです。哺乳類では単為生殖は行われないのだとさっき言いましたね？」

高等な動物はオスとメスがいなければ、子供を産めない。その事実が救いであるように思えた。

最上がスマホで何やら検索をかけながら言った。

「ええっと、イエス・キリストを産んだマリア様は大天使ガブリエルに受胎告知を受けてから処女懐胎したのだし、釈迦《しやか》を産んだ摩耶《まや》夫人は六本の牙を持つ白い象が胎内に入る夢を見て懐胎したというし、日本でも聖徳太子を産んだ穴穂部間人皇女《あなほべのはしひとのひめみこ》は、救世観音《ぐぜかんのん》が胎内に入って皇子を身籠ったのだという伝説があるよ」

祐一は少し声を大きくして言った。

「みんな神話や伝説の類です。哺乳類では前例がないんですよね？」

「たぶん、ないんじゃないかな」

「たぶん？」

「うん。哺乳類で完全な処女懐胎の例が見られないのは、単為発生を防ぐためにゲノムインプリンティングというシステムが備わっているからなのね。ゲノムインプリンティングっていうのは、子供の遺伝子に父親と母親のどちらに由来する遺伝子であるか記憶される現象のことでね。その刷り込みがあるので、片方の親からだけだと遺伝子が働かずに、個体が発生しない仕組みになっているんだよ」

「はあ」

「でもね、卵巣良性腫瘍《しゅよう》の一つに成熟嚢胞《のうほう》性奇形腫というものがあって、その中でも、胎児型奇形腫というものは非常にまれなんだけど、胎児型というだけあって、内部には頭部、体幹、四肢が形成されることがあるの。中には、脳や目、脊髄、歯牙、毛髪、気管や骨格筋などが認められる場合もあるんだから。精子や卵子の元になる原始生殖細胞が腫瘍化したものと考えられているんだけれど、つまり人間は生殖なしでも胎児を産む可能性を秘めていると思うの。人体の神秘よね。だから、ひょっとしたら、天文学的な確率では単為生殖がうまくいく場合もあるのかもしれないよ」

長谷部が急に勢いづいて声を上げた。

「それってさ、漫画『ブラック・ジャック』に出てくるやつだろ？　ピノコが確かそれから生まれたんじゃなかったかな」

「そうそう。テラトーマっていうのね。漫画も勉強になるよね。ふふ」

盛り上がる長谷部と最上を横目に、祐一は重いため息をついた。最上には今回起きた摩《ま》訶《か》不思議な現象のカラクリを暴いてほしくて来てもらっているのだ。処女懐胎の可能性があることの説明をしてもらいたいのではない。

「まあ、何はともあれ、三浦歩美さんとお腹の赤ちゃんのＤＮＡを解析してみないと何とも言えないよね」

最上の言葉に祐一は期待を持ってうなずいた。

「三浦歩美を奉っている〈光の門〉という新興宗教団体が、胎児の検体を各研究機関に送って検査を依頼しているそうで、その結果がもうすぐ出るはずです」

最上が意外な顔をした。

「宗教団体のほうから検査を依頼したの？」

「ええ」

「ふーん。本物だという自信があるんだね」

「本物であったら困ります」

祐一は内心を吐露《とろ》した。

「カラクリがあってもらわないと困ります。本事案は極めて宗教的かつ政治的要素を含んでいて、国際問題に発展する可能性を秘めています。島崎課長の憶測では、最悪の場合、日本でテロが起きる可能性もあるとか……」

「なるほどね、あるかもしれないねー」

祐一は最上の軽い感じの返事にイラッとした。

「検体の検査結果が出るまで待つしかなさそうですね」

研究機関が三浦歩美の検体を解析した結果、最上が説明したように三浦歩美と胎児がほぼ同じゲノムであることが明らかになった場合、三浦歩美は本物の処女懐胎をしたことになる。それは宗教的かつ政治的にも、人類的にも喜ばしいこととは言えそうになかった。

最上が椅子からぴょんと立ち上がった。

「さて、結果が出るまで、わたしは東京のホテルでスイーツビュッフェを楽しむんだ」

最上はそんな言葉を言い残し、捜査会議室からスキップするように出ていった。

その日、自宅に着くと夜の十一時半を回っていた。階下の母親の部屋には寄らず、祐一は自分の部屋に直行した。

困ったことになりそうな予感がした。最上博士は処女懐胎のカラクリをすぐにでも見破ってくれるかと期待していたのだが。著名な医師が処女懐胎を認めているのならば、どのような理由からそれが可能なのかについて考えようとする始末だった。最上の興味はあくまでも科学の可能性のほうへと向けられているようである。

最上との会話の内容が頭から離れなかった。長谷部も困惑していたが、男性、オスという存在の虚しさを感じずにはいられなかった。

帰り際に長谷部が「おれたちは哺乳類でよかったなぁ」などとこぼしていたが、祐一は哺乳類のオス、人間の男性もまた絶滅の道を歩んでいることを知っていた。

オスという性を決定づけるY染色体はどんどん小さくなっており、やがてなくなるだ

ろうという説があるのだ。数億年前のY染色体には一四〇〇個以上の遺伝子が乗ってい
たが、いまや遺伝子の数は数十個程度にまで減少している。この調子で進めば、Y染色体は一〇〇〇万年後には消滅してしまうということらしい。

人類の目の前にはさまざまな問題が山積しており、一〇〇〇万年後に人類が生き残っているかどうかはわからないが、Y染色体が危うい道を進んでいるのは確かなようだ。

Y染色体が消滅すれば、新たな性決定遺伝子が登場するという学者もいる。新たな性決定遺伝子の登場によって誕生する性は、いままでのオスとは異なるものなのだろうか。

祐一にはよくわからなかった。わかるころには祐一も星来もその子供たちも、地球上から消えているかもしれない。

スマホが鳴っていた。いつの間にかベッドで寝ていたらしい。カーテンの隙間から曙《しょ》光《こう》前のぼんやりとした明かりが差し込んできていた。

祐一はベッドから起き上がり、リビングのテーブルの上で鳴り続けているスマホを手に取った。相手は島崎課長からだった。

「コヒ、科警研で三浦歩美のゲノム解析結果が出た」

島崎は緊張を帯びた声で言った。

「胎児のゲノムは三浦歩美と同じだった。ああ、そうだ。三浦歩美は処女懐胎した模様だ」

5

祐一はすぐさま長谷部と最上に連絡を入れ、最上の泊まる赤坂のサンジェルマン・ホテルで落ち合い、長谷部の運転する車で千葉県柏《かしわ》市にある科学警察研究所へ向かった。科学警察研究所、通称科警研は、各都道府県の警察本部に設置された科学捜査研究所とは違い、警察庁の付属機関である。科学捜査、犯罪防止、交通事故防止に関する研究や実験を行うとともに、関係機関から依頼された証拠物などの科学的鑑識や検査を行っている。

島崎によれば、〈光の門〉が三浦歩美と胎児の検体を解析してもらおうと各研究機関にサンプルを送付しているとの情報を得て、警察のほうから〈光の門〉に科警研へのサンプルの送付を頼んだのだという。

祐一は助手席で島崎課長と通話を始めた。

「科警研だけじゃない、独立行政法人分子生物学研究所の解析でも、三浦歩美とその胎児の遺伝子は同一のものであると認められたそうだ」

通話口の向こうで島崎の興奮気味な声が響いている。

「最悪の事態だ。科学的に処女懐胎が証明されたようなものだ」

「どうしてそのようなことがありうるんでしょうか？」

ため息交じりの声が言う。

「〝原因は不明〟だそうだ。目下、首相官邸で行われている会議に警察庁長官が参加して、首相を交えて話し合っている。その席上で、何らかの決断が出次第、随時現場に指示を送るとのことだ」

想像を超えた事態に発展しているようだ。祐一は目が回るようだった。

後部座席からサクサクという音がするので振り返ると、最上博士がお茶のペットボトルを片手にゴーフルを頬張っているところだった。

祐一は腹が立ってきた。

「博士、よく平気でいられますね。処女懐胎は本当のようです。これは重大な事態ですよ。おそらく警察庁上層部は科学的に処女懐胎が真実だったという事実を隠蔽《いんぺい》しようとマスコミに圧力をかけるでしょう。しかし、情報というものは必ずどこかから漏れ出します」

最上はお茶を飲んで、口の中のものを飲み下した。

「現実として起きてしまったものはしょうがないじゃないの。科学者としては、どうしてそれが起きたのかを突き止めることが使命なわけで」

長谷部が残念そうにかぶりを振った。

「人間で処女懐胎が起きてしまったかぁ。もうおれたち男は必要ないのかもしれないなあ……」

そんな長谷部を無視して祐一は最上に尋ねた。

「で、どうして処女懐胎は起こりえるんでしょうか？」

「まったくわかりませーん」

最上はため息をつき、肩をすくめてみせた。

長谷部はパトランプを鳴らし、高速道路を車を飛ばして四十分ほどで科警研に到着した。巨大な白亜の建物の一階ロビーでは、四十絡みのやけに痩身の男が待っていた。もじゃもじゃの髪には白いものが交じり、黒縁の眼鏡をかけている。上背のある身体にパリッと糊の効いた白衣をまとっていた。いかにも博士然とした男である。受け取った名刺には、法科学第一部生物第四研究室の武井《たけい》信明《のぶあき》主任研究官とあった。

最上を見るなり、武井の顔色がぱっと変わった。

「これはこれは、最上博士ではないですか。お会いできて光栄です。あなたの論文はすべて拝読しています」

最上が嬉しそうに微笑んだ。

「まあ、ありがとう！　最近はさっぱり論文を書いていないのだけれどね」

「また博士のエッジの利いた論文を読んでみたいものですなぁ」

長谷部がにやりとして言う。

「最上博士はホントに有名人なんだなぁ」

雑談でも始まりそうな気配を察して、祐一は三人の間に割って入った。

「武井さん、さっそく検査結果の詳細を教えてください」

「わかりました。どうぞこちらへ」

武井は自室に三人を案内した。その部屋には科警研の誇る最先端の研究機器の類はなく、窓際に武井用の大きなデスクとキャビネット、中央にソファセットがあるだけの簡素なものだった。応接間兼書斎のような部屋だ。デスクの上に載った一台の光学顕微鏡の存在だけが、ここが理系の人間の使用する部屋であることを主張している。

武井は祐一たちに向き直ると、眼鏡の奥の大きな目を何度もしばたたかせた。

「まったく信じられないとしか言いようがありません。三浦歩美のDNAと羊水《ようすい》と胎盤の一部である絨毛《じゅうもう》のDNAが一致しています。染色体の数もちゃんと四十六本あります。精子が介入していませんから、当然、性染色体はXXで、性別は女性です」

「どうしてそんなことが起こりうるんですか？」

祐一が尋ねると、武井は首を振った。

「詳細はわかりませんが、卵母細胞が何らかの原因で減数分裂をスキップして細胞分裂を繰り返し、胚《はい》になったものと思われますね。被験者の少女は処女膜閉鎖症だったということですし、このゲノム解析の結果からも少女が性交渉なしで懐胎したことが裏付けられます」

最上が語っていた卵子と極体の融合による受精から生まれる半クローンとはまた違う単為生殖の方法のようで、卵母細胞の分裂により胚になるのならば母親と同一のクローンが誕生したことになる。

祐一は困惑を隠しきれなかった。

「武井さん、わたしはこの現実をどのように解釈したらよいのかわからずにいます」

武井もまた困惑したように肩をすくめた。

「お気持ちはわかりますが、あるがままを受け入れるしかないですよ。科学は事実に基づいて真実を探求する学問です。手に入れた事実が示していることを、わたしは述べているにすぎません」

そう語りながら、武井は左手に資料の束を手にしていた。最上が目ざとくそれを見つけて指差した。

「ねえねえ、そっちに持っているものはなぁに？」

武井は悪戯を楽しむように少し微笑むと、最上に資料の束を手渡した。

「実は、勘が働きましてね。最先端のシークエンサーで三浦歩美と胎児のゲノムを解析してみたんです。すると、ちょっとした発見をしたんです」

「ちょっとした発見？」

武井の様子から〝ちょっとした発見〟とは謙遜《けんそん》して言っていることがうかがえた。

武井はデスクの上に置かれた一台の光学顕微鏡を手で示した。

「みなさん、ぜひこちらをご覧になってください」

まず祐一が対眼レンズを覗いてみると、中央に細胞らしきものが映っていた。学生時代にはあらゆる生物や器官の細胞を見たものだが、それが通常のものと異なっているのは、細胞の核の周辺に細かいゴマのような形状のものが複数散っていたことだった。

祐一は対眼レンズから顔を上げ、武井のほうを向いた。

「この細かいゴマのようなものは何ですか？」

武井は微笑むように言った。

「ウイルスです、それも未知の。三浦歩美さんと胎児のお二人は未知のウイルスに感染していました」

「何ですって？」

「パンドラウイルス属によく似ていますが、データベースにはない未知のウイルスです」

祐一は再び対眼レンズに目を近づけて、核のまわりに散った細かい粒を観察した。

「これがウイルスのはずがありません。ウイルスは光学顕微鏡では見えないはずです」

最上との過去のやり取りの中で、祐一もウイルスがどのようなものかについてはある程度わかるようになっていた。

小学校の理科の授業でも使用されるような光学顕微鏡の分解能はマイクロメートル（μｍ：一ミリメートルの一〇〇〇分の一）のレベルであり、一般的に細菌の一〇〇分の一のサイズ、大きいものでも一〇〇ナノメートル（ｎｍ：一マイクロメートルの一〇〇〇分の一）といわれるウイルスを観察することは不可能である。光学顕微鏡の一〇〇〇倍の分解能を持つ電子顕微鏡をもって初めてウイルスは観察可能となる。黄熱病の研究で有名な野口英世は、光学顕微鏡を使って懸命に病原菌を探したが、結局見つからなかったのは、黄熱病がウイルスによるものだったからだ。

武井が白い歯を見せて笑った。

「それが光学顕微鏡でもこのように見えるんですよ。なにせ巨大ウイルスですから」

祐一がうろたえていると、最上が顕微鏡を覗き込み、興奮したようにはしゃいだ。

「えっ、この小さな粒みたいなもの？　すごい。さすが巨大ウイルスだね！」

武井は最上の反応に満足すると、ファイルから一枚の写真を取り出して見せた。

「こちらが電子顕微鏡で撮影した未知のウイルスの正体です。初めからこちらをお見せすればよかったんですが、ちょっと驚かせたいと思いましてね」

それはウイルス単体が大写しになったもので、単細胞生物のゾウリムシのような楕円形をしていたが、端に口のような開口部がついていた。内部には核などの細胞器官が一切見当たらず、楕円が均一に半透明な色で塗りつぶされているだけだった。

「少し前までそのクラスの大きなウイルスが存在するなど誰も予想していませんでした。巨大ウイルスが発見されたのはつい最近のことです。現時点での最大のものは、パンドラウイルス属のウイルスで、大きさは一マイクロメートル、通常の大きさのウイルスの実に一〇〇倍です」

武井は興奮した様子だったが、祐一はいたって冷静に尋ねた。

「このウイルスに三浦歩美とその胎児が感染していたのですか？」

「そういうことです」

最上が何かを察したように武井の顔を見ると、武井もまたそのとおりというように何度もうなずいていた。二人の間では何らかの考えが共有されているようだ。

最上の反応を待っていると、彼女は武井にこう尋ねた。

「武井さんは、このウイルスに感染したことが原因で、三浦歩美は処女懐胎能力を授かったっていうのね？」

「その可能性は否定できないのではないかと思いました」

「うん。わたしもその可能性は否定できない、いや、可能性は大きいと思う」

祐一は驚いて二人に向かって言った。

「ウイルスによって処女懐胎能力を授かった？　おっしゃっている意味がわからないのですが……」

武井がなぜ興奮しているのか、最上がなぜ驚愕しているのかも、祐一にはさっぱりわからなかった。長谷部も同様のようで先ほどからおとなしくしている。顕微鏡を覗いても何もわからない様子だ。

武井が祐一の質問に答える前に、最上が横から口を挟んでお願いした。

「ウイルスのゲノムについて教えてちょうだいな」

「その大きさもさることながら、ゲノムサイズも巨大ですよ。三七万塩基対《えんきつい》、うち遺伝子数は二九四三個になります。九〇パーセント以上が既知の遺伝子配列とは異なっておりまして、こういったことからもパンドラウイルス属に似ていると言えます」

「へえ、すごい！」

武井は輝かんばかりの笑顔で続けた。

「わたしがウイルスの第一発見者になりますので、名称を授けたいと思うのですが、史上初めて処女懐胎で子を産んだ聖母マリアにちなんで、〈マリア・ウイルス〉なんていかがでしょうかね？」

「うん、いいね！　マリア・ウイルスの九〇パーセントの遺伝子がどういった働きをするのかをぜひとも知りたいところだね」

「それは機能解析をしてみないとわかりませんが、九〇パーセントすべての機能を知るとなると、かなりの時間を要するでしょうね。これから、マリア・ウイルスをマウスに感染させて、どのような症状が起こるか実験をしてみようかと思います。ウイルスと処女懐胎能力とに相関関係があることがわかれば、これは大変なことになりますよ」

二人はすっかり盛り上がっている。

祐一はあらためて質問しなければならなかった。

「待ってください。その未知のマリア・ウイルスと三浦歩美の処女懐胎との間にどのような因果関係があるのですか？」

武井は説明の栄誉は譲りますというように最上に手を差し向けた。

最上はその意を汲《く》んでこくりとうなずいた。

「ウイルスの中にはね、レトロウイルスといって感染すると自らの遺伝情報を挿入して、宿主《しゅくしゅ》のゲノムを書き換えるタイプのものがあるのよ。そして、そういったウイルスに感染すると、新たにもたらされた遺伝子によって、宿主にある種の変化が起きることがあるの」

それは前にも最上から何度か聞かされた話だったが、まさか人間に感染すると処女懐胎能力を付与するウイルスが存在するとは……。

「マリア・ウイルスは卵母細胞が減数分裂をスキップして胚になるよう促す役割を持っているんじゃないかな」

「しかし、インフルエンザ、エイズウイルス、ポリオを含め、人類はこれまでにもさまざまなウイルスを経験してきましたが、ウイルスは人類を致命的なまでに苦しませることはあれ、身体的機能的な変化を起こすなどということはなかったのではありませんか？」

武井が大きくかぶりを振った。

「いえいえ、生物界はウイルスによって変異させられたもので満ち溢《あふ》れていますよ。ウイルスこそが、すべての生命の進化の原動力と言っても過言ではありません」

最上が加勢して言う。

「ウイルス進化論の話は前にしてあげたよね？」

「ええ、何度かうかがいましたが……。それでは、あたかも三浦歩美はウイルスによって進化したとでも言わんばかりではないですか？」

「そう言っているんです」

武井は平然と言ってのけた。

最上がそのあとを続けた。

「進化というと、よい方向へと進歩することを意味していると思われがちだけど、進化には目的性も方向性もないのよ。なんでもかんでも変化は進化なの」

「三浦歩美の例は進化の可能性があると……。未知のウイルスに感染したことで、有性生殖から無性生殖へ進化したのかもしれないと、そうおっしゃるんですか？」

祐一の声は動揺のあまり震えていた。

そんな心のうちなどまるで気にも留めないかのように、武井は子供のように輝く笑顔を見せた。

「ええ。われわれはいま、人類の進化を目の当たりにしているのかもしれません」

6

「馬鹿なことをおっしゃられては困ります」

祐一は憤然として言い放った。もはや二人の優秀な科学者に対する敬意は木《こ》っ端《ぱ》微塵《みじん》に消し飛んでいた。

最上がかつてウイルスによる生命の進化を証明しようとする論文を書き、センセーションを引き起こしたことは知っている。ウイルス進化論を信じて疑っていないことも。ウイルスは自身の持つ遺伝子を感染した宿主に組み込み、宿主のゲノムを変化させるという。その変化が生殖細胞にも起こり、遺伝するものであれば、その個体は進化するというわけだ。

「最上博士、いままで黙っていて大変申し訳ないんですが、わたしは博士の信奉するウイルス進化論をこれっぽっちも信じていません。生命がウイルスによって進化したなどという話があるはずがない」

祐一は、最上と武井の二人を交互に見た。

「そもそも、あなたがたはダーウィンの進化論を信じていないのですか？　主流の科学者たちはみなダーウィンの進化論を信じているんですよ」

「うーん、わたしはダーウィンの進化論を全然これっぽっちも信じてないの。ごめんね」

最上はあっけらかんとした表情で言ってのけた。

「だって、ダーウィンの進化論って欠陥だらけで、生命の進化をまったく説明できてないんだもの」

一部のキリスト教原理主義者たちはダーウィンの進化論を信じていないというが、それはすなわち、ガリレオの提唱した地動説を信じない、あるいは、ニュートンから始まる古典物理学を信じないと言っているに等しい。それほど非科学的、非常識的なことであった。古典物理学はその後、アインシュタインによって修正されたが、それでもわれわれの目に見える世界を記述するには十分に正しい。祐一にはダーウィンの進化論もまた地動説や古典物理学と同じくらい不動の原理原則に思えた。

「釈迦に説法かとは思いますが、あえて言わせていただきます」

前置きして、祐一は切り出した。

「生命の進化は証明されています。進化は数万年単位のスパンで起こるために、いま目の前にある世界で観察することは不可能であると考えられてきましたが、実際に、小さな進化であれば、われわれの身のまわりで頻繁に起こっているのです。

一例を挙げれば、あらゆる抗生物質が効かない多剤耐性菌《たざいたいせいきん》です。患者と医療関係者を悩ませていることはメディアでも報道されています。この現象は突然変異により抗生物質が効かない細菌、多剤耐性菌が誕生したためで、多剤耐性菌が他の細菌との生存競争に打ち勝ち、広まっていった結果と考えられます。自然選択と突然変異による進化が証明された例です」

長谷部が手のひらを打った。

「あー、おれもそれ聞いたことがあるな。抗生物質を乱用していると、抗生物質が効かなくなるのって、細菌が進化したからなのか。知らなかったなぁ」

長谷部が呑気にそんなことを言った。目の前で行われている祐一と最上との論争の核心については理解できていないだろう。

チャールズ・ダーウィンが著した『自然選択すなわち生存競争において有利な品種が保存されることによる種の起源』、通称『種の起源』によれば、そのタイトルにあるとおり、ダーウィンの提唱した初期の進化論の主柱は、自然選択説という概念にある。自然選択説とは、環境に適した変異を持つ個体は、そうではない個体に比べて、生き残る確率が高くなる。その結果、世代を重ねていくと、環境に適した変異は、集団内での比率を高め、やがて、集団はその変異を持った種へと進化する、という仮説のことである。

二十世紀に入ると、有名なメンデルの法則に端を発する遺伝学により、ダーウィンの仮説は補強されていく。遺伝子の突然変異が引き起こす劇的な変化によって、環境により適応した特性を獲得したものが生き残るという。このダーウィンの自然選択説とメンデルの遺伝学をミックスしたものを、ネオダーウィニズムという。今日、進化論と言えば、このネオダーウィニズムを指すことになる。科学界のメインストリームにおいて、ネオダーウィニズムを信じていない科学者はいない。

長谷部は最上のほうを向いた。

「身近にも進化ってあるんだな。どうやらウイルスがなくっても進化は起こりそうなもんだぞ」

最上はふんふんとうなずきながら聞いていたが、まったく同意しているふうではなかった。

「祐一君の言いたいことはわかるよ。でも、細菌はどんなに変化しても細菌のままで、多細胞生物になることはないよね。もっと言えば、ウイルスの変化速度は驚異的で、数時間で人の数千年分もの変化を起こすとも言われているけど、そのウイルスでさえウイルスという枠組みから抜け出して、多細胞生物どころか単細胞生物になることさえできないでいるのよ。

要するに、わたしが言いたいのは、ミジンコがちょっと毛色の変わったミジンコになるような小進化ならいざ知らず、魚が陸に上がって両生類になったり、類人猿が二本足で立ち上がり、言語を獲得してホモ・サピエンスになったりするような大進化と呼ばれるような大きな変化は、ダーウィンの進化論ではとうてい説明できないっていうことなの」

祐一も負けてはいなかった。

「長大な時をかけて膨大な小進化が蓄積されれば、やがては大進化になるのではないですか？」

「ウイルスの例を引き合いに出すまでもなく、小進化の蓄積が大進化を起こす可能性はない」

最上はきっぱりと言い切った。

「たとえば、太古《たいこ》の昔に大海原を泳ぐ一匹の魚のゲノムのどこかに突然変異が起きて、陸に上がるようになったとするでしょう。その子は両生類の前段階の生命、前駆体《ぜんくたい》というってもいいかもしれない。古生物学的にも魚類から両生類に進化したことは間違いのない事実だから、必ずこの一番最初に両生類になった両生類の前駆体の子はいたの。でも、ここで問題があるの。たった一匹の両生類の前駆体では、生殖行為をする相手がいないために子孫を残せないってこと。魚と両生類の前駆体では種が違ってしまっているから交尾はできない。だから、両生類の前駆体はたった一匹だけで終わってしまい、ついには両生類に進化することはできないのよ。同様のことは、類人猿からホモ・サピエンスへの進化の過程でも起こったはず」

祐一はすぐにレトリックに気づいた。

「それはおかしな議論です。当然ながら、両生類の前駆体は他にも多数いたはずです。複数いれば、生殖行為は可能です」

最上は待ってましたとばかりに反論した。

「祐一君は魚が陸に上がるために必要な突然変異が偶然に起こる確率がどれほど低いか

わかってる？　しかも、その低い確率で起こった突然変異が、その他いくつもの個体に同時に偶然に起こる確率が、この宇宙が誕生する確率と同じくらい天文学的に低いことがわかっているの？」

横で武井がうなずきながら補足するように言った。

「生命が地球に誕生する確率は、たとえば二十五メートルプールにばらばらに分解した腕時計の部品を沈め、ぐるぐるかき混ぜていたら自然に腕時計が完成し、しかも動き出す確率に等しいそうです」

「実際、生命の進化とは突然変異によってゲノムをつくり替えてきたことの歴史です。天文学的に低い確率であろうとも、過去にそれは何度となく起こってきたことじゃないんですか？」

憤然とする祐一にさらに最上は言葉を放った。

「突然変異とは、ＤＮＡの塩基配列における偶発的なコピーミスのことよ。コピーミスに目的性があったり方向性があったりはしないのよ。だからこそ、進化には目的も方向もないの。そんなものがあったら、それこそ神の意思が働いていることになるからね。だから、ほとんどの突然変異は病気や奇形をもたらすような異常であり有害なものなの。

環境に適した突然変異が起こる確率は恐ろしく低い。突然変異と自然選択によって生命が進化しただなんて、そっちのほうが世迷言《よまいごと》よ」

「根拠はあるんですか？　ウイルスが生命の進化をもたらしたという根拠は？」

「もちろん、あるわよ。ホモ・サピエンスのゲノムのほぼ半分の四六パーセントがウイルス由来のゲノムだというのが、その証拠よ」

約三〇億塩基対ある人間のゲノムのほぼ半分がウイルス由来などということになれば、人間のほぼ半分がウイルスでできていると言っているようなものだ。ダーウィンの進化論でさえ、人間性を貶《おとし》めるとして宗教界から糾弾《きゅうだん》された過去があるが、ウイルスによる進化という仮説に比べれば、ずいぶんと穏健なものであると言えるだろう。

「お、二人ともヒートアップしてきたなぁ」

長谷部が茶化すように言った。話についてこられないのか、面白くなさそうな顔をしていた。

武井が静かに参戦した。

「小比類巻さん、われわれ人類のゲノムの半数がウイルスに関連しているということは、人間のゲノム解析の結果、確かめられていることなんです。実際、ウイルスはわたしたちのゲノムの一部として役立ってもいるんですよ。たとえば、お腹の中で胎児を育てる哺乳類が哺乳類たるゆえんとも言える胎盤の形成に、ウイルスが関与しているという研究報告があります。

胎盤の機能に重要な役割を果たすある種の細胞を形成するシンシチン遺伝子は、ウイルスを構成するタンパク質の一部をつくる遺伝子だったことがわかっています。かつてはウイルスだったのです。つまり、わたしたち哺乳類が誕生しえたのは、かつてシンシチン遺伝子の配列を持ったウイルスに哺乳類の祖先が感染したおかげなんですよ」

いったいどうしたらウイルスの一部だった遺伝子がわれわれの胎盤を構成するに至ったというのか……。

信じたくない話だ。祐一の中にある人間としての誇りが、現実から目をそらさせているのかもしれなかった。ウイルスなど人類に病気をもたらすだけの、目にも見えないちっぽけな存在でしかないではないか。そんなものがわれわれ人類、いや自分自身のゲノムの中に居座っているだけでも腹立たしいというのに、人類がその命を次代へつなぐ手段である出産に役立っているなどとは、感情的に信じられるものではない。

最上がダメ押しするように言う。

「出産を可能にするウイルスがあるんなら、処女懐胎を可能にするウイルスがあったっておかしくはないよね」

長谷部が重苦しいため息をついた。

「そっか。オスはいらないかもしれないし、おれたち人間の祖先はウイルスかもしれないし……。二日連続でショックだな。はは……」

最上が心配げに祐一の顔を覗き込んだ。

「大丈夫？　ちょっと顔色が悪いけど」

祐一はネクタイを少しだけ緩《ゆる》めた。

「話を元に戻させてください。それでは、三浦歩美の検体から見つかった未知のウイルスが、彼女に処女懐胎を引き起こさせ、その現象はウイルスによる人類の進化の可能性があると、そうおっしゃるのですね？」

その問いには、武井が応えた。

「処女懐胎者が今後、人類の間に広まっていけば、そうですね」

最上が続けて言った。

「このウイルスが原因で処女懐胎が起こったんだとしたら、ウイルスによる生命進化の強力な証拠になりうるよね。ああ、十年前に起こっていれば、わたしのキャリアも違ったものになっていたかもしれないなぁ」

最上はそこでちょっと悲しそうな顔になった。

「わたしは昔、ウイルスによる生命進化を支持した論文を書いたの。突然変異と自然選択に重きを置いているダーウィン進化論とは真っ向から対立する考えであることは知ってたけど……。ウイルス進化論を研究すること自体が、学界から抹殺《まっさつ》されるに等しい行為であることもわかっていた。でも、わたしには歴史を変えられるという確信があったの。ちょっと思い上がっていたのかもね。その結果、わたしはダーウィン進化論を信奉する学界の権威から白眼視《はくがんし》され、分子生物学のメインストリームからすっかり傍流へ押しやられてしまった……」

「科学界といえども、しょせんは人間によってつくられた世界なのです」

武井は声に無念さをにじませた。

「非常に保守的かつ権威主義的であり、その世界の常識を覆《くつがえ》すような説は、ときとして厳しい拒絶に遭う。現代進化論の世界において、ダーウィンの進化論を否定することは、非科学者、異端者であると告白しているに等しいのです」

武井は最上の気持ちを慮《おもんぱか》るかのように、その二の腕をぽんぽんと軽く叩いた。

情を交わす二人を、祐一は醒めた目で見つめていた。

困ったことになった。三浦歩美は未知のウイルスに感染したことにより、処女懐胎をした。生まれてきた少女は間違いなくクローンであり、イエス・キリストのような存在になりうる。

はっと思いついて、祐一は尋ねた。

「三浦歩美はいったいどこで未知のウイルスに感染したのでしょうか？　この日本で、いや、世界で三浦歩美ただ一人がそのウイルスに感染したというのも、おかしな話ではありませんか？」

「それもそうだよね」

最上も「はて」というように首をかしげていた。

武井が祐一に険しい顔を向けた。

「未開の土地へ旅行したとか？」

「まだ十一歳の小学生ですからね。確認はしてみますが。人から人へ感染するんですか？」

「空気感染や接触感染で感染するようなら、すでに広がっているはずです。しかし、一人しか感染者が出ていないということは、そう簡単に感染するウイルスではないんでしょう。C型肝炎やエイズのように血液感染のようなものか。あるいは――」

武井が意図的にそこで言葉を切ったので、祐一は嫌な予感がした。

「あるいは、何者かによって意図的に感染させられたか……？」

「ええ」

最上と武井も同じ意見のようだった。

「ヤバい展開になってきたな……」

長谷部はやれやれとため息をついたが、先ほどとは打って変わって俄然やる気になっていた。

7

小宮裕司《ゆうじ》は東北新幹線を使って青森市内にやってきていた。東京よりも陽射しが弱く、過ごしやすいだろうか。南の方角には有名な八甲田山《はっこうださん》のなだらかな峰々が見える。都会に比べて空気も清涼な気がした。

小宮は頭に精巧な鬘《かつら》を被っていた。濃紺のポロシャツにベージュのスラックスを穿き、足元は黒の革靴を合わせている。リゾート地気分の服装はとうに脱ぎ捨てていた。

右の小脇に抱えているのは黒のレザーハンドバッグだ。ハンドバッグは二重底になっており、H《ヘッケラー》＆K《コッホ》社の自動拳銃と消音器《サプレッサー》を入れていた。できれば一人も殺したくない。おとなしく少女をさらいたかったが、万が一が十分ありうるし、脅しにも使えるだろうと考えていた。

ターゲットの三浦歩美は、八甲田山の麓近くに本拠地を構える新興宗教団体〈光の門〉の施設内にかくまわれているという。

小宮は午前中にタクシーで施設周辺の下見に行っていた。光の門は会員数一〇〇〇人ほどの小規模の団体ながら、ラグビー場二つ分はありそうな広い敷地は高い塀に囲まれており、施設はおろか敷地内に入り込むだけでも一苦労しそうだ。

全国に散らばるボディハッカー・ジャパン協会のメンバーの伝手《つて》をたどって、光の門の会員の家族との接触に成功した。森田信二《もりたしんじ》と妻の伸江《のぶえ》は、つい最近、娘の麻美《あさみ》を光の門に取られたと激怒していた。

小宮はいま市内にある森田のマンションに上がり込み、リビングのテーブルを挟んで二人と向かい合っていた。

六十絡みの森田信二と伸江は、愛娘を取られた悲しみから、やつれ切った顔をしていたが、現れた小宮を見るや、二人ともその目に期待の色を浮かべた。小宮にもまたカール・カーンと同じように人を魅了するカリスマ性が備わっている。

小宮は自分がボディハッカー・ジャパン協会のメンバーであり、光の門の教祖の永山と直談判して三浦歩美との面会を果たしたいだけだと話した。そのために森田の協力を借りて、お返しに麻美を取り戻してやると申し出たのだ。

信二がすがるようにして尋ねた。

「本当に娘の麻美を取り戻してくれるんですか？」

小宮は重々しくうなずいてみせた。

「教祖の永山と直《じか》に会うことができれば、話し合いでどうにかすることができると思っています。わたしは永山の弱点を握っているんですよ」

信二と伸江は互いに顔を見合わせた。二人は顔に怪訝《けげん》な色を浮かべていたが、やがて小宮を信じたようでうなずき合った。

「やってください」

「お願いします！」

二人の老夫婦はそろって頭を下げた。

小宮は内心ほくそ笑んでいた。

嘘をつくことに抵抗はなかった。三浦歩美を手に入れるために利用するだけだ。

目下、麻美は施設内で修行の真っ最中なのだという。修行という名の洗脳である。教団の言いなりになるように、徹底的に思想を植え付けられるわけだ。

「あの、教祖の永山の弱点って何なんでしょうか？」

心配そうな顔で伸江が聞いた。

小宮はイラッとした。教祖の弱点など知らなかった。

「だいたい、麻美はわたしたちの言うことなんて頑《がん》として聞かないし、無理やり施設から連れ出してくることもできないし……」

麻美を施設から連れ出すつもりは最初《はな》からない。

「永山の弱点をいまお教えすることはできません。本人の前でだけ話すつもりです。永山はわたしの言うとおりに従うでしょう。麻美さんも教祖の永山から家に帰るよう促されれば、従わざるをえないんじゃないですか」

「それはそうでしょうが……」

「わたしが永山と会うためには、わたしはお二人と一緒に施設の中に入らなければなりません。わたしは麻美さんの兄ということにしましょうか」

信二のほうが力強くうなずいた。

「はい。そのようにいたしましょう」

「では、さっそく教祖との面会を取り付けてください。信者の家族ならば会ってくれるでしょう」

「わかりました」

すっかり小宮の話を信じ込んだ信二がスマホを使って、光の門に電話をかけ始めた。

ここまでは思い描いたとおりの展開だ。小宮は内心、安堵のため息をついた。

これで、施設の中に入ることはできる。問題は施設から生きて出てこられるかだ。

三浦歩美と胎児の検体を解析した結果は不穏なものだった。検体には未知のウイルスが潜んでいたのだ。

処女懐胎はそのウイルスによって引き起こされ、何者かがウイルスを三浦歩美に感染させた疑いがある。それはつまり何者かがウイルスを人工的に作製したことさえ示唆《しさ》するものだった。

いったい誰が何のために処女懐胎を引き起こすウイルスを作製し、三浦歩美に感染させたというのか。

祐一は薄ら寒い気持ちにさせられた。その考えはこの事案がテロであると言っているに等しいものだ。バイオテロ、ウイルステロだ。

8

祐一たちはとりあえず捜査本部に帰還することにした。警視庁の会議室では、長谷部の三人の部下、玉置《たまき》孝《たかし》巡査部長と山中《やまなか》森生《もりお》巡査、新任の捜査員の三人が待機していた。

彼らは捜査先である青森から帰ってきたばかりだった。

玉置孝は年齢三十五歳。長身のイケメンで、息子と娘がいる愛妻家である。無造作へアに型崩れした濃紺のスーツというおなじみの恰好《かっこう》で、もちろん、今日もまたブルーベリーの芳香を放つガムを嚙んでいた。

山中森生はというと、くたびれたダブルのスーツに小太りの身を包み込んでいた。大変な汗搔きで、先ほどからひっきりなしにハンドタオルで顔と首筋を拭っている。四十歳ぐらいに見えるが、実際はまだ二十六歳である。

女性は新顔だった。二十代後半か。中肉中背の丸顔で、まだあどけなさの残る顔立ちをしていた。快活な性格が顔に出ている。髪はポニーテールに結ばれ、グレーのリクルートスーツを着て、下はスカートだった。

長谷部が女性のほうに手を差し向けた。

「コヒさんは初めてでしたね。こちら、奥田玲音《おくだれおん》巡査の代わりに入ってきた江本優奈《えもとゆうな》巡査です。二十八歳で、剣道三段でネットにも通じた文武両道の才女です。玲音の後任を十分務めてくれるはずです」

江本は背筋を伸ばし、その場で敬礼した。

「江本優奈巡査です。よろしくお願いいたします！」

「頼もしいですね。頑張ってください」

一同は会議用に組み合わされた机のまわりにそれぞれ腰を下ろした。

祐一は三人の捜査員らの顔を見回した。

「それでは、さっそく報告をお願いします」

長谷部は三人に三浦歩美の素性を洗うように命じていた。

玉置がいつになく神妙な表情をつくってみせた。

「それが、三浦歩美は拡張型心筋症で余命宣告されています」

「余命宣告……？」

「ええ、せいぜいもって一年だそうです。両親は娘が妊娠したと知った当初は中絶させるつもりだったそうですが、未経験者でありながら妊娠したこと、ゲノムが本人と同一であると知ってからは、出産を願うようになったそうですよ」

一同の口から悲嘆のため息が漏れた。

「親が若くして死んでいく娘のクローンを欲しがる気持ちはわからなくはないよな」

長谷部が一同の気持ちを代弁する言葉を口にした。

祐一は玉置に尋ねた。

「だとすると、最近の海外への渡航歴なんてないでしょうね？」

「ありません。ここ数年は通院ばかりの日々だそうです」

「やはり何者かが意図的に感染させたと考えるのが妥当のようですね」

祐一の問いに最上がうなずいた。

「そうだね。だとしたら、三浦歩美さんを匿《かくま》っている光の門が怪しいよね。一番得をするのは光の門でしょう？　信者がいっぱい集まってきておカネが儲かるだろうし」

森生が手元の手帳に視線を落とし、小首をかしげて言った。

「いや、光の門がウイルスを作製したというのはちょっと考えられないです。青森県警の警備部から同教団の情報を取り寄せましたが、光の門は研究施設を所有していません。現時点では資金力もない小さな新興宗教団体だそうですよ。強力な教祖を獲得したこれから先はわかりませんけどね」

「じゃあ、誰がいったい……」

そう言って、長谷部は口をつぐんだ。その先の答えは誰もわからなかった。

なぜウイルスの作製者は三浦歩美を選んだのか。そもそも処女懐胎させるウイルスを作製したのはなぜなのか。犯人の行動原理がさっぱりわからない。

それまで黙っていた優奈が口を開いた。

「思ったんですが、ウイルスの作製者はボディハッカー・ジャパン協会じゃないでしょうか？」

興奮気味に顔を上気させて、優奈は祐一のほうを向いた。

「これまでＳＣＩＳがかかわった事案の報告書には目を通しました。ボディハッカー・ジャパン協会は、人類による人類の進化を標榜《ひょうぼう》する団体ですよね。人工的なウイルスによって人類が処女懐胎できるように進化させる計画を立てているとしても不思議はありませんよ」

祐一は感心して優奈を見つめ返した。長谷部の言うとおり、優秀な人材のようだ。

ボディハッカー・ジャパン協会が関与している可能性についてはまったく考えていなかった。なぜカール・カーンが処女懐胎するよう人類を進化させたいと願うのか。それもさっぱり理解できない。

長谷部がため息交じりに言った。

「でもよ、カール・カーンに会いに行ったって、物的な証拠をそろえて行かなけりゃ、どうせまた〝わたしとは関係ありません〟って否定されるぞ」

長谷部の言うことはもっともだった。証拠を突き付けない限り、カール・カーンが嘘を平気でつくことは経験済みである。

祐一は科警研の武井から伝えられた未知のウイルスが発見されたという解析結果、および、その後の最上とのウイルス進化論についてのやり取りを丁寧に話して聞かせたので、玉置、森生、優奈もすっかり驚いている様子だった。

「この事案はテロかもしれないっていうんですね」

優奈は緊張を帯びた声で言った。

「世界規模でこれだけ混乱を引き起こしているんです。テロといっていいでしょう」

祐一は続けて言った。

「われわれの目標は、このウイルスの作製者を特定し、生物兵器禁止法違反で逮捕することです。三浦歩美が妊娠する前に、ウイルス作製者が自宅か病院に現れ、何らかの方法で感染させたはずです」

玉置が天井を仰いだ。

「妊娠する前というと約九カ月前ですよね。自宅、病院とも防犯カメラの映像が残っているか疑問ですね」

「人々の記憶だってあいまいになりますよ」

森生もまた否定的なことを言う。

「確認してみるしかないんじゃないですか」

新人の優奈がやる気を見せた。

玉置と森生の言うとおり可能性は低いが、優奈の言うとおりダメ元でもやるしかないだろう。

「みなさん、人類が思わぬ方向へと人為的に進化させられようとしています。力の限り、それを阻止しなければなりません。われわれの手で」

祐一の言葉に三人は「はい」と力強い返事をした。


その日は早めに自宅マンションへ帰り、階下にある母親の部屋を訪ねて、星来の顔を見ることにした。

最近、星来はｉＰａｄでＹｏｕＴｕｂｅを観ることにはまっており、祐一が帰宅しても玄関まで出迎えてくれなくなっていた。

「ただいまー。パパ、帰ったよー」

玄関から呼びかけても、リビングのほうから「お帰りー」というくぐもった声が聞こえてくるだけだ。

玄関まで出迎えてくれるときに見せる笑顔に癒《いや》されたものだが、今後はもう期待できなくなってしまうのだろうか。

リビングに入ると、案の定、星来はｉＰａｄに夢中のようだった。

母が気遣って、「星来ちゃん、パパが帰ってきたよ」などと話しかけているが、知らん顔だ。

祐一はネクタイを緩めながら、ため息交じりに言った。

「あんまりｉＰａｄばかりやっているというのも問題ですね」

母はソファに座り、テレビを観ながら言った。

「最近の子は仕方ないみたいよ。どこの子も動画を観たりゲームをやったりしているって」

祐一は星来の隣に腰を下ろして、ｉＰａｄを覗き込んでみた。ＹｏｕＴｕｂｅの動画を見ているようだ。何が面白いのやら、さっぱりわからなかった。

「星来、パパがこの前プレゼントした絵本は読んだのかな？」

「うん、読んだ」

「面白かった？」

「うん、面白かった」

「そ、そうか……」

星来が上の空で応じる。会話が続かなくなってしまったが、祐一は星来の横顔を見つめているだけで幸せだった。

亜美にとてもよく似ていた。

大きくなっていくにつれて、亜美に似てきているようだ。亜美の血が、遺伝子が、星来の中に流れている証拠を見せられているような気がした。

小一時間ほどだらだらして、祐一は上階の部屋に戻り、いつもの儀式、亜美と会話をしてから、眠りについた。

翌朝六時半に目覚ましで起き、テレビでニュースを観ていたところ、スマホの着信音が鳴った。またも島崎からの電話だった。朝から聞きたい声ではなかったが仕方がない。

電話に出ると、島崎の声は低く暗かった。

「コヒ、朝から悪いニュースだ」

事態がこれ以上悪化するというのだろうか。

「処女懐胎をしたという少女が、もう一人現れた。〝第二号〟の誕生だ」

9

「第二号が出た⁉」

長谷部もまた驚きをあらわにしていた。

祐一は警視庁で長谷部と合流すると、長谷部の車で赤坂のサンジェルマン・ホテルへ行って最上を迎えた。これから第二号処女懐胎者の望月実来《もちづきみく》が入院しているという神奈川県川崎《かわさき》市内にある総合病院へ向かう。長谷部はパトランプを点灯させ、制限速度をオーバーして車を走らせた。

「ウイルスだもんな。これから感染者がどんどん増えていくってことか？」

長谷部の危惧に、助手席で祐一は冷静に分析した。

「いえ、科警研の武井さんがおっしゃっていたように、空気感染や接触感染で感染するようなウイルスではないはずです。それに、青森の戸来で感染した三浦歩美と神奈川の川崎で感染した望月実来では、地理的に大きな隔たりがあります」

「ていうと、やっぱりウイルスの作製者が二人を狙って感染させたってことか」

後部座席では最上が朝からおはぎを頬張っていた。

「そうだね。今日のハッセーは冴えているよね」

「あ、ありがとな」

「わからないのは、どうして犯人はその二人を選んだか、だよね」

祐一も同感だった。犯人の人選に共通することはあるのだろうか。

島崎から連絡が入り、第二号の詳細について知らされた。

「望月実来は、神奈川県川崎市に在住する十二歳の少女で、現在妊娠四カ月目。拡張型心筋症のため川崎総合病院に入院しているとのことだ。望月実来もまたこれまでに性体験はなく、懐胎する理由はない」

祐一は驚きを禁じえなかった。

「拡張型心筋症ですか。第一号の三浦歩美もまた同じ病気です」

「そうなのか。単なる偶然かな？」

拡張型心筋症の患者はそう多くない上に、この状況で単なる偶然と考えるほうがおかしいだろう。

祐一は最新の情報を上司に伝えることにした。

「三浦歩美と胎児の検体のゲノム解析から、三浦歩美と胎児が未知のウイルスに感染していることがわかりました」

その未知のウイルスが処女懐胎を可能にしているかもしれないこと、これは人類の進化なのかもしれないことなど、祐一は最上や科警研の武井から得た情報を手短に伝えた。

「人類の進化……!?」

島崎は驚嘆の声を上げた。

「処女懐胎することがどうして人類の進化なんだ。なぜそんな方向に人類が進化しなくてはいけない」

「進化に目的性や方向性はないんです。進化とは無目的な突然変異によってもたらされるものですから……。とはいえ、今回の進化は何者かによって意図的に引き起こされた可能性があります。つまり、目的がありうるかと」

「いったいどんな目的があるっていうんだ?」

「まったく見当もつきません」

　祐一は正直に答えた。

「処女懐胎の目的はわかりませんが、ウイルス作製者のもう一つの目的、世界を混乱に陥《おとしい》れることは成功しています。本事案をバイオテロ、ウイルステロとして扱うべきかと思います」

「テロ……」

　島崎は愕然《がくぜん》とした声を出した。

「ウイルスが人為的につくられたっていうのは確かなんだろうな？」

「最上博士はそう推測していますし、二人の拡張型心筋症患者のみが感染していることからも、何者かが意図をもって感染させたに違いなく、ウイルスが人為的につくられた可能性は高いかと」

「なるほどな。とにかく、可及的《かきゅうてき》速やかに未知のウイルスの作製者を捕まえるんだ。そのためならば、多少の非合法的行為は看過する」

　多少の非合法的行為――。

　島崎が以前、首相官邸で会議が行われていると話していたことを思い出した。警察庁長官も同席し、首相を交えて協議を行っているとか。その席上で、多少の非合法的行為くらいなら看過しようとでも話が出たのかもしれない。

祐一は全身から冷や汗が噴き出すのを感じた。

「なるべく合法的に処理するようにはいたします。……上層部の様子はどうですか？」

島崎がため息を漏らして続けた。

「いま警察庁上層部はパニックに陥っている。長官は第二号発見の情報は国家機密扱いとして、絶対に外部に漏れることのないよう厳命した。第二号が収容されている病院には、神奈川県警の警察官を動員して厳重な警備に当たらせている。第二号のご両親や病院関係者らにもけっして口外しないよう誓約させた。ここから情報が漏れることはないだろう」

情報というものはいつまでも隠し通せるものではない。必ずどこかから漏れ出す運命にあるのだ。

「望月実来は、もってあと半年の命だと担当医は言っている。半年の間だけ持ちこたえればいい。そのあとは、平和的に収束するはずだ」

この事案の平和的収束とは、最終的には処女懐胎した少女らの死によってもたらされるものだ。いや、少女たちだけでなく、懐胎した胎児たちの死にもよって。まるで国を挙げて彼女らの死を願っているようではないか。この国を守る使命を自らに課した者ににとって、無責任で乱暴なその選択に忸怩《じくじ》たるものを感じずにはいられなかった。

余命半年……？　祐一ははっとした。島崎は少女が妊娠四カ月だと言った。犯人はちょうど余命時期に合わせて、少女が出産するように図っているのかもしれなかった。

なぜ拡張型心筋症の余命宣告を受けた患者にこだわり、処女懐胎を引き起こすウイルスを感染させたのだろう。意味がわからない。

祐一は少し先のことを考えたのち、恐ろしくなってきた。

「島崎さん、犯人がウイルスを感染させたのが二人とは限りません。この先、第三号、第四号が出ないとも限りませんよ」

「うう……」

「そうなったら、いつまでも情報統制できるものではありません」

「できる限り、国民に知らせないように努めるしかないだろう！」

島崎はうめくように言うと通話を切った。祐一もまた低くうめいてスマホを仕舞った。

最上が後ろから尋ねてきた。

「何だか不穏な事態になってきているようだけれど、大丈夫？」

大丈夫なことはとっくにない。

「まず、第二号の望月実来も同様に未知のウイルスに感染しているか否かを調べます」

最上は元気よく言った。

「とにかく、大天使ガブリエルを探し出さなくちゃね」

「大天使ガブリエル？」

「聖母マリアにイエスの受胎告知を行った天使のこと。マリア・ウイルスの作製者にはまさにうってつけの呼び名だと思うけど」

「なるほど。今後は未知のウイルスをマリア・ウイルス、その作製者をガブリエルという暗号名で呼びましょう」

「コヒさん」

長谷部がいらついた声で言った。

「さっきから後ろに黒塗りのベンツが張り付いてるんだが」

バックミラーを見やると、真後ろに厳《いか》めしいベンツのボディが見えた。祐一はナンバープレートを見て、思わず顔をしかめた。

「厄介な連中がやってきましたね」

最上もまた、くるっと後ろを振り返った。

「え、誰？　あっ、ナンバープレートに〝外〟って書いてある。めずらしー」

「外交官ナンバーです」

長谷部が車を減速させ、道路の左側に寄せて停車した。後続のベンツも同様に真後ろに停車する。

「何だか映画みたいな展開になってきたな……」

長谷部が緊張した面持ちでつぶやいた。ハリウッド映画好きの長谷部が喜んでいないことに祐一は安心した。

ようやく不穏な事態を察知したようで、最上が怪訝な眼差しを寄越した。

「外交官がどうして……？」

「ただの外交官ではありません。博士はどうか中にいてください」

祐一と長谷部は外に出ると、後ろに向かって軽く頭を下げた。

ベンツの後部座席のドアが開いて、二人の男が降り立った。一方はアジア系、もう一方は白人である。

小柄のアジア系の男は、黒々とした短髪に日に焼けた顔をして、開襟のピンク色のシャツと黒のスラックスといった装いだった。白人のほうは金髪で身長一九〇センチはあろうかという大柄な男で、黒いスーツ姿である。

小柄のほうが近づいてくると、手帳を見せてきた。アメリカ中央情報局《central intelligence agency》と書かれ、名前はフランシス・タニモトとあった。日系アメリカ人だろうか。ＣＩＡ東京支局の情報分析官である。

タニモトは愛想《あいそ》笑いを浮かべ、細い目をさらに細めた。

「小比類巻警視正ですね。ＳＣＩＳの捜査ですか？」

祐一はタニモトを知らないが、向こうは祐一をよく知っているようだ。

「ＣＩＡが何の用ですか？」

「第二号が現れたそうじゃないですか」

もうすでに第二号誕生の情報が漏れ伝わっていることに愕然とした。それとも、かまをかけているのか。いままで気づかなかったが、タニモトはＳＣＩＳが捜査に乗り出すと踏んで、祐一たちをここ数日ずっと行動確認していたのかもしれない。

祐一が答えないでいると、タニモトが続けた。

「これまでわれわれは第一号が本物か偽物かを議論していましたが、これからは議論の対象が変わってきますよ。新しいステージに入ったと言ってもいいかもしれません。処女懐胎者がこのまま増えていけば大変な事態になる。人類は新しい人類へと進化していくかもしれませんよ。何者かの手によって、人為的にね」

タニモトは友好的なように見える笑みを崩さずに続けた。

「小比類巻警視正、われわれにこの事案を任せてもらえませんか。けっしてこれ以上大事にならないよう処理することをお約束します」

祐一は血の気がさっと引いていくのを感じた。

「わが国で非合法な手段を講じられては困ります」

ＣＩＡが言うところの処理とはどういうことを意味するか、祐一はよくわかっていた。ＣＩＡは世界各国で内政干渉を行っており、暗殺をもいとわない非合法行為に手を染めている。日本のことはいまも間接的統治下にあると思い込んでいる節《ふし》がある。

「おまえたち日本人に任せることなどできない」

それまで黙っていた白人の男が口を開いた。たどたどしい日本語だったが、タニモトと違って高圧的だった。

「第一号のゲノム解析データを速やかに渡せ。この件はわれわれが引き継ぐ」

タニモトがなだめるような口調になって言った。

「小比類巻警視正、ご理解いただきたい。処女懐胎の問題は、われわれキリスト教国にとっては非常にデリケートな問題なんです。第二のイエス・キリストが誕生しようとしているんですよ。国際的な宗教問題になります。誓ってもいい、このままでは日本でテロが起きますよ」

「何でそうなるんだろう。神様の誕生を祝って乾杯すればいいのに」

最上は車内から出てきていた。

男たちは驚いて彼女に視線を向けた。

「現代に生きながら、第二のイエス・キリストを拝めるなんてとってもすてきじゃないの」

「ふざけるな！」

白人がごつい人差し指を突き付け、最上に向かって一歩足を踏み出した。

タニモトが諫《いさ》めるように男の肩に手を置いた。

「ただちにガキを殺せ！　イエス・キリストは一人で十分だ」

タニモトが訂正するように言った。

「殺すんじゃないんです。堕胎してもらうんです。いまなら殺人ということにはならない」

祐一は威圧には屈しないというように、タニモトの目をまっすぐに見据えた。

「キリスト教は堕胎を禁じているんじゃなかったですか？」

タニモトは少しだけ眉をしかめた。

「真面目な問題です。アメリカの意向をお伝えしますと、早急に事態を終結させてほしいということです。早急にというのは、だいたい一週間以内と思っていただければと思います。わたしはお願いしましたよ、小比類巻警視正」

あくまでも丁重な物言いだったが、脅迫されたも同じだった。

タニモトは日本人のように深くお辞儀をして、白人男を連れて車に戻っていった。

10

森田信二と伸江の夫妻に付き添って、小宮裕司は麻美の兄という名目で光の門の施設に向かった。

光の門の施設は周囲を深い森に囲まれていた。さらに四方を背の高い塀で塞ぎ、出入り口の門扉《もんぴ》は威圧的なまでに大きかった。門扉の隙間から、長いドライブウェイの先に簡素なモダニズム建築の白い二階建ての建物が建っているのが見えた。

森田が運転席を下りて、門柱にあるインターフォンを押し、名前を名乗ると、目の前の大きな門扉が音を立ててゆっくりと内側に開いていった。

森田が車に戻り、長いドライブウェイを走って、車寄せに車を止めた。屋敷の玄関扉が開いて、上下白の装束を身につけた信者らしき男が現れ、森田夫妻と小宮を出迎えた。

三人は難なく施設内に通された。これが日本ではなかったら、全身を隈《くま》なくボディチェックされていることだろう。教団のボディガードたちは小宮が武器を持ち込んでいるとは思いもしなかったようだ。

施設のエントランスはアトリウムになっていて、頭上に豪華なシャンデリアが吊されていた。だだっ広い空間にわけのわからない彫像や壁には巨大な現代アート風の絵画が飾られている。

「さ、こちらへ」

何一つ特徴のない顔つきをした信者の男が三人を案内した。目の前には奥に続く薄暗い廊下が走っていた。廊下の先の応接間のような部屋に通され、しばらく待つように言い渡された。小規模の宗教団体のわりに、応接間にも巨大な絵画が飾られていた。

中央にローテーブルがあり、ソファが二脚並んでいたが、どちらも二人掛けだった。森田夫妻に座るよう促して、小宮は二人の後ろに立つことにした。セカンドバッグを音も立てずに開き、手をそっと差し入れて、拳銃に消音器を取り付けて待った。

十分後、先ほどの信者の男が、二十代半ばの若い女と長い白髪頭の男を連れて入ってきた。白髪の男が教祖の永山明彦だとすぐにわかった。

「麻美！」

森田夫妻が立ち上がって、麻美のほうへ近寄ろうとした。永山はそれを手で制すると、

「今日はご苦労様です。まあ、お座りください」

と、おおらかな口調で言った。

永山は腰を下ろすと、大仰なため息をついた。

「今日は何のご用ですかな？　麻美さんなら毎日こちらで健やかに過ごしていて、何の心配もありませんよ。本人はここにいたいと申しておりますので、無理やり施設から連れ出そうとすることは本人の意志に反します」

森田夫妻が何かを口にしかける前に、小宮はセカンドバッグから拳銃を引き抜くと、永山に向かって銃口を向けた。

「これは、おもちゃじゃない」

永山が小宮の顔を見たまま、ぴたりと凍り付いた。森田親子は状況が飲み込めないようで、言葉を失っていた。

「死にたくなかったら、三浦歩美を引き渡せ」

「そ、それは困る……」

「こっちも困る」

小宮は一秒だけ迷ったが、永山の左胸部を撃った。銃声は消音器が抑えてくれたが、それでも大きな音が鳴った。森田親子が短い悲鳴を上げた。

永山はくぐもった声を上げ、その場に崩れ落ちた。立ち上がろうともがいたが、やがて動かなくなった。

今度は腰を抜かしている信者の男に銃を向けた。

「おまえ、三浦歩美の居場所に案内しろ」

男はうなずくと、部屋の外へと出た。

小宮は肩越しに森田親子に向かい、それまでとは声色を変えてすごんだ。

「ここでおとなしく待っていろ」

親子はすっかりおびえていたので、言いつけどおり待っているだろうと確信した。小宮は逃走用に森田の車を奪いたいと考えていたのだ。

男が廊下の奥にある部屋の前で立ち止まった。

「ここです」

おびえた声で言った。

「開けろ」

男がドアを開けると、小宮はその背中をどやしつけて一緒に部屋の中に入れた。

そこは十畳ほどの大きさの部屋だった。簡易ベッドとソファ以外には、テレビも家具も電化製品も何もない。一人の少女がソファに腰を掛け、文庫本を読んでいた。小学校高学年ぐらいの少女である。腹部がかなり大きく膨らんでいるのに気づいた。妊娠しているのだ。

小宮は男に銃を突き付けたまま、少女に向かって言った。

「三浦歩美だな？」

三浦歩美は小宮の手に握られた拳銃を見たが、何の反応も示さなかった。

「立て、こっちに来い」

歩美は醒めた声で言った。

「わたしはどこにも行かない」

小宮は銃口を少女に向けた。

「殺すぞ」

「いいよ、殺して」

少女の肝の据わった言動に小宮はいささか驚かされた。

「死にたいのか？」

「わたしね、妊娠してるんだって……。セックスもしたことないのに」

歩美は、はかなげに笑った。

「みんなは神の子だなんて言ってるけど、悪魔の子だよ。わたしにはわかる。だから、殺して。わたしのことも、この子のことも」

「本当に殺すぞ」

殺せないが、そう脅した。

「わたし、拡張型心筋症で余命宣告を受けているから、死ぬのは怖くないの。だから、ね、殺して」

死を恐れていない者に拳銃を突き付けることは意味のない行為だとわかった。

小宮は部屋の端でおとなしくしている信者の右胸を撃った。男は悲鳴を上げて倒れた。

驚いたのか、歩美もまた短い悲鳴を上げた。

小宮は歩美の肩をつかんで、無理やり立ち上がらせようとした。

「来い！」

歩美は泣き喚いた。

「嫌だ！　殺して！」

仕方なく少女の首の後ろをしたたかに殴りつけると、歩美はがくんと首を倒してそのまま気絶した。

小宮はため息をついた。そして、少女を脇に抱えると、引きずるようにして、玄関に向かった。

11

川崎駅の繁華街に近い場所に目当ての総合病院は建っていた。搬入口前に、神奈川県警警備局の小林将一《こばやしまさかず》課長が待ちかまえていた。五十代半ばの小林は中肉中背の紳士然とした雰囲気のある男だった。

「警察庁刑事局の小比類巻です」

祐一が名乗ると、小林は深々とお辞儀をした。

「小比類巻警視正、お待ちしておりました。こちらへ」

小林は廊下を奥へ向かって歩き始めた。祐一と長谷部、最上があとに続いていく。

歩調を合わせながら、祐一は口早に尋ねた。

「現況を教えてください」

小林は渋みのある声で応じた。

「いまのところ異常はありません。ただ、第二号の存在を知っている病院関係者が少なくとも二十七名います。最初に第二号の妊娠が発覚したときに噂が広がったんです。緘《かん》口令《こうれい》を敷いていますが、正直なところ、いつまで持ちこたえられるかわかりません」

無理もない。二十七名を病院に閉じ込めておくわけにもいかず、誰かは身内に話すなどするだろう。SNSで投稿する者がいたら、そこで情報統制は終了だ。

エレベーターに乗り込むと、二人のスーツ姿の捜査員が護衛のため同乗した。三階で降りて、廊下を進んでいく。ある部屋の扉の前に一人の捜査員が立っていた。島崎の言うとおり、神奈川県警は威信を懸けて厳重な警護を行っているようだ。

「こちらの病室です」

小林がドアを開けた。カーテンで仕切られた奥へ進むと、窓際に置かれたベッドに中学生ぐらいの少女が寝ており、その傍らに祐一とさほど年の変わらない男女が並んで椅子に座っていた。望月実来の両親だろう。重苦しい空気のために時間の流れまでもが鈍重になってしまったかのようだ。

祐一は二人の男女の前に進み出た。

「警察庁の小比類巻と申します」

男は弾かれたように立ち上がると、祐一にすがりつかんばかりに迫った。

「うちの娘は子供を産んでもいいんですよね？」

祐一は突然の質問に面食らった。何と答えればいいのかわからなかった。

父親は畳みかけるように続けた。

「うちの子にとってはまったく身に覚えのないことなんです。病院の先生も実来が未経験であることを証明してくれました。わたしは神様が実来に新しい命を授けてくださったんだと思ってるんです。神様の計らいだと思っているんです。実来はこの世に新しい命を残していくんです」

隣の母親がわっと泣き出した。

「だから、お願いします。実来に子供を産ませてやってください」

父親と母親はそろって深々と頭を下げた。

母親の泣き声が重苦しい部屋に響いた。

祐一は言葉を発することも、動くこともできずに、ただ立ち尽くした。

何もしなければ、二人の夫婦は愛娘を失ってしまう。そこへ幸か不幸か娘が処女懐胎をしていることがわかったのだ。残される夫婦にとって、それは死にゆく娘の代わりとなりうるものなのだろう。

二人は頭を下げたまま動こうとしなかった。祐一の返答を待っていた。

「どうかお顔をお上げください」

祐一はおずおずと言ったが、二人とも頭を下げたまま上げようとしなかった。

すっかり困惑してしまった祐一は、言葉をひねり出すようにしてなんとか言った。

「ご心配なさらなくとも大丈夫です」

父親がさっと顔を上げた。

「それじゃ、実来は子供を産んでいいんですか？」

父親の目には希望があった。祐一はその目を見ていられなくなって、視線をそらした。

「もちろんです。ご本人とご家族が望むのであれば、何人《なんぴと》もその権利を奪うことはできません」

父親は顔を輝かせると、泣いている妻の肩を強く抱きしめた。母親は喜びと感謝の言葉を口にしながら泣き続けた。

祐一は罪悪感という重りを背負い込むことになった自分に内心、悪態をついた。この状況は自分の権限でどうこうできる範囲を超えている。望月実来が子供を産んでいいのか悪いのかは、おそらく誰にも決められない問題になりつつある。あるいは、政府の上層部の誰かが勝手に決めてしまう問題なのかもしれない。

そんなことを考えていると、最上が祐一を押しのけて、父親と母親の前に立った。二人の顔を交互に見比べるようにして言った。

「ちょっとお聞きしたいんだけれど、お子さんの妊娠について、心当たりになるようなことはない？　処女懐胎を疑っているとか、そういう意味じゃなくって……。たとえば、医師のような人に何かの薬を注射されたとか、点滴を使って投与されたとか、そういうことはなかったかな？」

実来の夫婦は不浄なものを見るような目で最上を見た。最上が夫婦の娘の懐胎を神の計らいだとは思っていないことは明白だった。二人の幻想を打ち壊そうとしていると。

父親は強い口調で断言した。

「そんなことはありません。実来は処女懐胎したんです」

最上は個室を見回した。

「見たところ、この部屋は誰でも出たり入ったりできそうだけれど」

最上はおとなしく横たわっている実来の顔を覗き込んだ。

「ねえ、何でもいいのよ。思い出したことがあったら教えて」

実来は不安な視線を両親にちらりと向けた。両親は固唾《かたず》を呑んで娘の反応をうかがっている。

しばらくして実来は傍らに置かれた点滴スタンドを弱々しく指差した。

「四カ月ぐらい前に、知らない女の人が点滴のチューブから注射器で薬を入れたことがある。その月から生理が来なくなったの」

「実来、本当のことなのか？」

両親は初耳だったようだ。

最上は続けて尋ねた。

「何の薬なのか言っていた？」

実来はこくりとうなずいた。

「わたしの命を未来へつなげるための薬だって」

命を未来へつなげるための薬――。その薬が処女懐胎を促すウイルスだとしたら、望月実来はまさに自分の命を次世代に託し、命を未来へとつなげることになる。

実来の両親はすっかり狼狽《ろうばい》していた。

最上が部屋を出たので、祐一たちもあとに続いた。

部屋から離れたところで、祐一は小林に尋ねた。

「院内に監視カメラはありますか？」

「はい、各出入り口に設置してあります。四カ月前ならばまだ映像が残っているはずです。不審な女の侵入がなかったか、さっそく調べてみます」

「よろしくお願いします」

たとえ四カ月前の映像記録が残っていたとしても、望月実来の個室に入り込んだ女の不審人物を特定するのは難しいかもしれない。祐一は天井を見上げた。防犯カメラは各フロアに設置されているわけではない。病院の各出入り口にあるくらいだろう。膨大な数の来客者の顔が映っているはずだ。

祐一は長谷部と最上に言った。

「ここは神奈川県警の方々にお任せして、われわれはいったん捜査本部に戻りましょう」

祐一は小林に一礼して、搬入口に向かって歩き始めた。

建物の外に出ると、むっとする空気が一同を包み込んだ。祐一は最上のために後部座席の車のドアを開いてやった。最上はいつの間に購入したのか、コーラのペットボトルを抱えていた。

運転席に収まった長谷部が口を開いた。

「ガブリエルは女かもしれないのか。意外だったな」

祐一は最上を振り返った。

「本事案が何者かによって作製されたウイルスによるテロであることは間違いなさそうですね」

「うんうん、そうだね」

最上はさっそくコーラをぐびぐびと飲んだ。

「それよりさ、どうしてガブリエルは三浦歩美さんと望月実来さんの二人を選んだんだと思う？」

三浦歩美と望月実来、二人の共通点は、二人とも性経験のない少女であり、拡張型心筋症を患い余命宣告を受けているという点だ。わかりきってはいたが、質問ではなさそうだったので黙っていた。

「望月実来さんの言った言葉を覚えてる？　犯人は実来さんの命を未来へつなげるための薬だって言ったでしょ。性経験のない少女を狙ったのは、処女性を強調したかったからら。処女懐胎は人々の耳目を引くからね。重病の子を選んだ理由は、本人や親たちの心理を利用したのかもね」

祐一もまたその意味がわかった。望月実来の両親は祐一に懇願した。神の意志が死にゆく娘に子を授けてくれた、だから、産ませてやってほしいと。処女懐胎を気持ち悪がられて、中絶を選ばれてしまってはダメなのだ。

長谷部が素朴な疑問を発した。

「それにしても、ガブリエルは何で処女懐胎者を生み出そうとしてるんだ？　本気で人類からオスを排除しようっていうつもりなのかな？　相当の男嫌いかよ」

祐一もまた疑問に思っていた。

「まったくです。ガブリエルは優秀な科学者であると思われますが、なぜこのような生命倫理にもとるような行動に出たのでしょう。単なる愉快犯でしょうか？」

社会を混乱に陥れるような犯罪を行い、社会が慌てふためく反応を楽しんだり、自分の力に酔ったりするようなタイプの犯罪者というのはいる。今回もそんな愉快犯の仕業なのだろうか。

最上はそうは考えていないようだった。

「うーん。ただ社会に混乱を巻き起こすのが目的だとしたら他にも方法はいくらでもあったたろうしね。でも、ガブリエルはあえて処女懐胎を引き起こすマリア・ウイルスを使った。マリア・ウイルスを作製するのはそう簡単ではなかったと思うよ。ガブリエルは反社会的な人格を持っているというよりは、時代を革新するような天才性というか、マッド・サイエンティスト的な要素がある人だと思うなぁ」

「テロには主義や主張があるといいます。ガブリエルの狙いはなんでしょう？」

最上は細い腕を胸の前で組み、「うーん」と一つうなった。

「ガブリエルは、みんなに認めてもらいたかったんじゃないかなぁ」

「いったい何をですか……？」

「自分の優秀さというか……。ほら、人はみんな自分のことを認めてもらいたいという承認欲求を持っているものでしょう」

「ええ、それはわかりますが、優秀さを誇示するために、なぜ処女懐胎という方法が選ばれたんでしょうか？」

「そうなのよね、そこなのよねぇー」

最上が答えないでいると、長谷部が嬉々《きき》として割って入った。こういう場合の長谷部の会話はまったくと言っていいほど役に立たないことを、祐一は経験から知っている。

「だから、よっぽどの男嫌いなんだって！　それで、女だけの楽園をつくろうとしているんだ。おれ、昔聞いたことがあるんだよ。神話か実話か知らないが、アマゾネスっていう女だけの戦闘部族がいたっていう話。ガブリエルは、現代にアマゾネス軍団をよみがえらそうとしているんじゃないのか？」

無視すればいいものを、最上は真面目に付き合ってしまう。

「うんうん、それはギリシア神話の中の話なんだけどね、アマゾンってどういう意味か知ってる？　アマゾンの女たちは狩猟民族だったから、弓矢を持っていたんだけれど、弓を射るとき弦が邪魔にならないように、勇敢にも右の乳房を焼き切ったっていうのよ。だから、アマゾンには〝乳房のない〟っていう意味があるらしいよ」

「うーん、どうでもいい雑学ありがとうな」

「元はといえば、ハッセーがどうでもいい話を持ち出してきたんでしょうに」

二人の戯言《ざれごと》が終わったので、祐一は話を元に戻すことにした。

「博士、ガブリエルはマリア・ウイルスを使って、被害者を処女懐胎させることで、自分の優秀さを証明できると考えているんですよね？　それは、もしかして……？」

「うん、そうだね」

最上はコーラを水のように一気に半分飲み干した。

「処女懐胎は結果にすぎない。ガブリエルが証明したかったのは、生命の進化、それも、ウイルスによって促される生命の進化だよ」

祐一は何度か瞬きをした。科学警察研究所の武井は、われわれはいま人類の進化を目の当たりにしているのかもしれないと言った。この進化は人工的な進化であるが、もしもマリア・ウイルスが伝染しパンデミックを起こすなどすれば、人類は総体として進化の一歩を歩み始めることになるだろう。

「生命の進化の証明……」

こくりとうなずいた最上は、心なしかどこか元気がなくなっているように見えた。

「それもウイルス進化論による生命の進化の証明か……」

祐一はやっと気づいた。

「ガブリエルは最上博士の論文から影響を受けたのかもしれませんね？」

最上はため息とともにうなずいた。

「うん。わたしもそれを思っていたところなんだ……」

テロリストに思想的な影響を与えたかもしれないことに、最上博士は罪悪感を感じているようで、捜査本部に着くまでの間、ずっと黙り込んで、時折コーラを飲み、小さなげっぷをした。

警視庁の会議室に戻ると、玉置、森生、優奈の三人は昼食を取っているところだった。デスクの島の中央にコンビニのおにぎりやサンドイッチ、ペットボトルの飲み物が並べられていた。

祐一もおにぎり一つとお茶のペットボトルをもらった。最上はコーラを飲み干してなお、コーラがないことに不平をこぼし、廊下の外へ駆けて行き、自動販売機で一本買ってきた。

一同は中央のテーブルのまわりに腰を下ろした。

祐一は長谷部の三人の部下に、これまでわかったことを手短に伝えることにした。

「第二号の処女懐胎者が川崎の病院で発見されました。警察上層部はこの情報を外に漏らさせまいと躍起《やっき》になっていますが、時間の問題でしょう。これから先、第三、第四の処女懐胎者が出る可能性もあります。今後の捜査は時間との勝負になるでしょう。迅速にお願いします」

長谷部が玉置に顔を向けた。

「で、さっそくだが、青森の病院では不審者は見つかったのか？」

玉置は覇気のない声で答えた。

「九カ月前に病院を訪ねたかもしれない不審人物の捜索ですよね。さすがに迅速な捜査を行うってわけにはいかず……。っていうか、もう病院の防犯カメラの映像にはそのぐらい前の映像の記録は残っていませんでした」

森生が怒鳴られる前に自分から言った。

「病院の関係者に当たって、不審人物の目撃情報を集めましたけど、誰も不審な人物は見ていないそうですよ。そもそも九カ月前のことなんて、誰も覚えてないような感じでしたけど」

優奈までも開き直ったような弁護を始める。

「仕方ないですよ。たとえ不審な人物を見たとしても、その人間のことを九カ月後に警察から聞かれるとは思わないですからね。覚えているわけがないですよ」

「確かにそうだよね」

最上が妙に物分かりのいい先輩のようにうなずく。

「だって、弥生《やよい》時代には親というのは母親だけのことを指していたんだけれど、それは父親というものが子供に必要だなんて夢にも思わなかったからだからね。だって、十カ月前のセックスのせいで十カ月後に子供ができるなんてとうてい思えなかったから。因果の関係が結ばれるまでにあまりにも時間がかかりすぎると、人はそれを因果関係があるとは思えなくなるんだよね」

長谷部が驚きの声を発した。

「えっ、弥生時代には父親っていう概念がなかったってことか⁉　昔の人類の知恵なんて、そんな程度だったのかもしれないな」

長谷部は賢明にもそこで雑談を切り上げ、祐一のほうを向いて尋ねた。

「で、これからおれたちはどう動いたらいいんだろうな。ガブリエルは何者で、どうやって探し出すかはなかなか難しい問題だぞ」

祐一は同意してうなずいた。

「プロファイリングをして対象を狭めましょう。まずガブリエルが分子生物学に精通している科学者であることは間違いないと思います。あと、最上博士のウイルス進化論の論文に影響を受けたかもしれないことも」

長谷部は不興《ふきょう》げに鼻を鳴らした。

「女の科学者だとしても対象が多すぎるんじゃないか」

祐一は肩を落とした。長谷部の言うとおりだ。日本中、いや、世界中の女性生科学者が対象になってしまう。

「ええ、そうですね……。最上博士、何か案はありますか？」

最上は、この日二本目になるコーラを飲みながら言った。

「そうねぇ。科警研の武井さんが、マリア・ウイルスがパンドラウイルスと似ているって言っていたでしょう。どんな天才科学者であろうとも、ウイルスを一から生み出すことはできないから、ガブリエルも何らかのウイルスをベースにしてマリア・ウイルスを作製したはずなのね。だから、そのベースとなったのがパンドラウイルスだと思うの。ガブリエルがパンドラウイルスをどこから入手したのかを突き止められたらいいんだけどね」

「そんなことが可能なのですか？」

「うん。ウイルスっていうのは常に変異しているんだけど、その性質を利用するわけ。各研究機関に保管されたウイルス株の塩基配列を比較することで、そのウイルス株の分離された場所や時期がわかるのね。あまり塩基に違いがなければ、時間的に近い関係にあると言えるし、大きな違いがあれば、遠い関係にあると言える。まあ、そうやって、系統樹を作成していけば、ガブリエルがどこからパンドラウイルスを手に入れたかがわかると思うんだけど……」

祐一はスマホを取り出して、科警研の武井に連絡を入れた。いま最上が語ったことを話して伝えると、武井もなるほどと納得していた。

「日本では初めに帝都《ていと》大学がパンドラウイルス株を譲り受け、そこから各研究機関に広まったんです。各研究機関に保管されているパンドラウイルスとマリア・ウイルスの塩基配列を比べてみることで、ガブリエルがどこの研究機関からパンドラウイルスを入手したのか大まかな見当をつけることはできるかと思います」

最上が大きめの声で割って入った。

「ねえ、武井さん。マリア・ウイルスという特異なウイルスの性質上、ガブリエルは安全性のもっとも高いバイオセーフティレベル3以上の研究施設を利用していると思うけど、いま国内にレベル3以上の施設はいくつあるの？」

「ＢＳＬ3以上となるとそう多くありません。現在、二十施設ほどかと思います」

祐一は武井に尋ねた。

「その施設を利用できる権限を持つ研究員はどのくらいいるんでしょう？」

「数百人から千人近くはいると思いますね」

それでも大変な数だ。

最上が祐一に向かって微笑んだ。

「だいぶ絞り込めてきたね、祐一君。武井さんにパンドラウイルスの出所を調べてもらって、その研究所と照らし合わせれば、ガブリエルが勤める研究所がどこかわかるはずだよ」

「やっと光明が見えてきたんじゃないか」

長谷部が嬉しそうな声を出した。

少しだけ祐一も安堵の息をついた。そのとたん、和《やわ》らいだ緊張を打ち消すような鋭い着信音が鳴り響いた。

スマホを取り出してみると、島崎からの電話だった。いまとなっては島崎からの連絡はみな悪い知らせだろうと予想がついていた。

「今度はどんな悪いことが起きたんですか？」

島崎は祐一の質問を無視して言った。

「コヒ、悪いニュースとさらに悪いニュースがある。どっちから先に聞きたい？」

聞く前から頭が痛くなってきた。

「順番にどうぞ」

「一つ、第二号が死んだ。もう一つ、第一号が盗まれた」

第二章　永遠の命を得る方法

1

ライデン製薬の誰もいない秘書室の中で、市川拓也《いちかわたくや》は肩身の狭い思いで、朝からスケジューリングの調整作業を行っていた。もともと市川は古都大学名誉教授、かつライデン製薬の相談役でもある榊原茂吉の個人秘書だったのだが、昨年の暮れからここ八カ月ほど榊原と連絡が取れなくなってしまっているために、他の重役二人の秘書業務を兼任することになったのだ。この重役たちが多忙な人間で、一日が二倍になったような気がしていた。

榊原茂吉は音沙汰がなくなる前に、しばらく連絡を絶つと市川に伝えはしたが、まさか八カ月もまったく連絡がなくなるとは思いもしなかった。こちらから連絡を入れてもなしのつぶてである。どこにいるのかさえわからないのだ。人生百年時代、六十五歳という年齢はまだ若いとはいえ、どこかで倒れているなどということがないとは言い切れない。孤独死しているなんてことになっていなければいいのだが。

そんなことを考えていると、卓上の固定電話が鳴った。液晶ディスプレイに浮かんだ名前を見て、市川は思わず背筋を正した。

イギリスからの国際電話で、オリバー・ランバード博士からだった。ランバード博士はオックスフォード大学時代、榊原茂吉の兄貴分のような存在で、進化論の証明に絡む共同研究で榊原と一緒にノーベル医学生理学賞を受賞するのではないかと噂される人物である。

受話器を取り上げ、丁寧な英語で話した。

「秘書の市川でございます」

間髪容れずに、ランバードの威厳のこもった声が響いた。

「至急、茂吉とコンタクトを取りたいんだが、携帯電話にも出なければ、メールにも返信はない。いったい何が起こっているんだ？」

市川は恐縮しながら、たどたどしい英語で返した。

「実は、昨年の暮れから榊原先生とは連絡が取れず、わたしも困っているところです。どこにいるのか、皆目見当《かいもく》がつかないのです」

「昨年の暮れから……？　いままでもそんなことがあったのか？　何事もなければいいが……」

「連絡を絶たれる前、榊原先生はしばらく京都のご自宅を留守にするから連絡はつかなくなるとお話しされていました。連絡が必要である場合には自分からすると」

「困ったな……」

「何かございましたでしょうか？」

いらだった声が言った。

「目下、きみの国で起こっている問題だよ」

市川はすぐに思い至った。

「処女懐胎のニュースですね。貴国でもマスコミが面白おかしく取り上げているようですね。しかし、これは頭のおかしいカルト教団の狂言です。あなたほどの方がお気にされることはないかと」

「医師を含む専門家が確認したとのことだよ。はたして、まがりなりにも国家免許を取得した医師が、妊娠しているかしていないか、処女であるかないかといった簡単な検査において誤診をするだろうか？」

市川は何も言い返せなかった。また、発言するべきでないことも承知していた。

「英国は言わずと知れたキリスト教国だ。きみが想像する以上に、わが国において処女懐胎は特別な意味を持つ。実際、大変な騒ぎになっている。どうかを検証する番組まで組まれ、中東やインド、中国などで、かつて性質《たち》の悪い冗談だと切って捨てられた自称処女懐胎者たちが再び注目を浴びるという事態にまで広がっている。無知な人々から喜捨《きしゃ》をせしめようという肚《はら》だろう。どこの国にも似非《えせ》知識人たちはいるものだが、彼らの言うことは傑作だぞ。これは人類の進化であり、進むべき道だということだ。何もかもきみの国でおかしな事案が発生したばかりにな」

「申し訳ございません」

市川の責任ではなかったが、あたかも目の前にランバードがいるかのように頭を下げた。

ランバードは声を低めて言った。

「この件にはウイルスが絡んでいると見ている」

「ウイルス……ですか？」

意味がわからず市川は問い返した。

ランバードは忌々《いまいま》しげな口調で続けた。

「そうだ。ある種のウイルスは感染させた宿主のゲノムを変化させる性質を持っている。ウイルスが少女に処女懐胎をもたらした可能性がある。もっとも、そのウイルスは何者かが作製したものに違いないがね」

「そうなんですか。誰が何のために……？」

「そこだよ。誰が何のためにか、それはわからないが、このウイルスによって人類の進化が方向づけられたとき、ウイルスによる人類の進化が起きたことが認められてしまう。わたしたち正当なダーウィニズムの科学者たちが営々と築き上げてきたものが崩れてしまう」

市川にはランバードの言わんとするところがよくわかった。彼の推測が正しければ、ウイルスによる大掛かりな人類の進化がいま行われており、それはランバードと榊原が忌《い》み嫌うウイルス進化論の正しさを証明するような事態だった。

それはすなわち、ランバードと榊原茂吉がノーベル賞を逃すことを意味している。

ランバードの緊張を帯びた声が言った。

「もし、茂吉から連絡があったら、至急、わたしに連絡するように伝えてくれ」

「かしこまりました」

通話が切れても、市川はまだ頭を下げていた。

2

小宮は田舎道を走っていた。青森を出てから住宅街で二度車を盗んで乗り替え、高速道路を避けて、警察のNシステムに捕捉されないように気をつけていた。昨夜は田んぼ近くの路傍に車を止めて眠った。

車内でラジオをずっと聞いていたが、驚くべきことに、青森市内の光の門の施設で拉《ら》致《ち》が行われたというニュースは報じられなかった。

小宮裕司は二人撃ち殺している。施設内には他にも信者たちがいたはずで、すぐに気づかないはずがなく、警察に通報が行っていないわけがない。

警察が情報統制を敷いているのだろう。処女懐胎者の三浦歩美が拉致された事実を隠そうとしているのだ。政府は処女懐胎者の誕生についてまだコメントを発表していない。Ｂ級ニュースの類として国民の関心が過ぎ去るのを祈りながら待っているのだろう。三浦歩美は光の門という怪しげな新興宗教の施設の中に幽閉されていたほうが都合がよいのだ。何者かに拉致され、死者が出たなどという大ごとな展開は望むところではない。

もちろん、警察は小宮たちを追っているはずだ。処女懐胎者の三浦歩美を取り戻すためにも。政府は三浦歩美を監視下に置きたがっている。

小宮は助手席に乗っておとなしくしている三浦歩美をちらりと見た。十一歳のあどけない顔には冷静さが浮かんでいる。この状況下において落ち着いていられるのは変だ。

死を受け入れているからだろうか。

それは自分も変わらない。小宮もいつ使い捨てられるかわからない存在である。歩美との違いは、小宮の場合は他にクローンがおり、自分の個体死が、自分という存在の死につながらないところだ。

いや、歩美もクローンを妊娠しているのだ。ひょっとしたら、自分と同じ死生観を抱いているのかもしれなかった。

前を向いて運転しながら小宮は横にいる歩美に言った。

「おまえは死を恐れていないんだな。お腹の中にクローンがいるから、おまえは生き続けると思っているのか？」

助手席の歩美は静かに口を開いた。

「わたしは死ぬのは怖くない。もう十分に苦しんできたから。お腹の中にいる子供はどうでもいい」

「そうか……」

小宮は嘆息《たんそく》した。榊原茂吉が女で処女懐胎ができたとしたら、どんなに喜ぶだろうかと想像した。

赤信号で停車したときに、小宮は歩美の腹を見た。はちきれんばかりに膨らんでいる。臨月なのでいつ出産してもおかしくない。生まれてくる子はクローンだ。

ふと小宮は、歩美のお腹の中にいるクローンが自分自身であるかのような奇妙な錯覚に陥った。

小宮にも代理母とはいえ母親がいたはずだ。顔も名前もわからないが、その母親は自分が身籠っている子がクローンだとは知らずに小宮を産んだのだと思う。

「赤ん坊はちゃんと産んでやってくれ。赤ん坊に罪はない」

思わずそんな言葉をつぶやいていた。

歩美は少し驚いたように小宮のほうをうかがった。

「おじさんは、どうしてわたしを拉致したの？」

歩美が初めて小宮に興味を示した。

「わたしが必要なの？　赤ん坊が必要なの？　めずらしいから……」

「ああ、そうだ。赤ん坊の研究をしたがっているやつらがいる」

小宮は歩美に嘘をつけなかった。歩美は少し沈んだ顔をした。

「余命宣告を受けているんだってな。まだ若いのにかわいそうだと思うよ。だが、人間はみんな死ぬ。永遠に生きるやつなんていない。たとえ、クローンを産んだってそれは自分自身じゃない」

歩美は自分のお腹を抱えた。

「わたし、本当に死ぬのは怖くなんてない。最後にこんな冒険もできたし」

「冒険？　肝が据わっているな」

小宮は笑った。自分もまた少女との冒険を楽しんでいた。

3

「どういうことなのか、説明してください」

課長室に駆け込むや、祐一は島崎に食ってかかった。

島崎はソファに座ってコーヒーを飲んでいたが、その面貌は前に会ったときよりも険しかった。

「まあ、座れ」

祐一が頑として座らずにいると、島崎はため息交じりに話し始めた。

「さっき話したとおりだ。第一号は昨日白昼堂々と拉致され、第二号は今日の未明に死亡した」

「第二号の望月実来にわれわれは昨日会ってきたばかりです。それが今日の未明に死亡したとは信じられない」

「信じられないと言われても、事実なのだから仕方がない」

島崎は憮然《ぶぜん》として言い返した。

祐一はわずかな嘘でも見逃さないという気迫を込めて島崎の目を見た。島崎も祐一をまっすぐに見つめ返した。やましい気持ちは一切ないという信念を持った男の目だった。

望月実来のあどけない顔が脳裏をよぎった。あの子はまだ生きられたはずだ。両親は実来の子が生まれることをあんなにも心待ちにしていたのに。

「望月実来はどうして死んだのかと聞いているんです」

「心肺停止により死亡したという情報しか入ってきていない。もともと余命宣告されていたんだろう。そのリミットがたまたま今日の未明だったというだけだ」

「わたしは真実を知りたいんです。上層部の意向で望月実来の余命を縮めたということはないかと訊いているんです」

祐一は強い口調で尋ねた。かつて感じたことのないほどの怒りが腹の底で沸き起こっていた。

「言葉に気をつけろ」

「本事案を隠蔽《いんぺい》できれば、多少の非合法的行為なら看過するとおっしゃいましたね？公安あたりの実働部隊が動いているんじゃないですか？」

祐一は引かなかった。

島崎はうんざりしたように大きなため息をつくと立ち上がった。窓辺に近寄り、遠くをながめるふりをした。

「本当だ。わたしは何も知らない。実働部隊が動いたということもあるまい」

祐一はちょっと考えてから言った。

「ＣＩＡに尾《つ》けられていました。彼らが実行した可能性はどうでしょう？」

「さあな。ＣＩＡのことまでは関知していない。繰り返すが、わたしは何も知らない」

祐一は息を吐き出し、怒りを沈めようとした。島崎は嘘を言っているようには見えない。

「第一号はどういう経緯で拉致されたんですか？」

「それもさっぱりわからない。目下、青森県警が調べを進めている。何かわかり次第、情報が入ってくるはずだ。間違っても、拉致を装って消したわけじゃないからな」

祐一は何も言わなかった。そう思っていたからだ。

島崎は不機嫌な顔のまま言った。

「話は以上だ。……いや、まだ終わっていない。第一号発見の件で、警察が記者会見を開くことになった」

「警察が？」

「日本中どころか世界中で処女懐胎者の誕生が話題になっている。政府は放っておけば、自然と鎮まるかと見ていたが、実際はその逆だ。日に日に注目度は増してきている。ここで政府が見解を出さなくては収拾がつかないと判断した。うちはＳＣＩＳを動かしているし、科警研のデータもあり、処女懐胎者についての情報はわれわれが一番よく把握している。よって、警察庁が記者会見を行うことになったというわけだ。おまえにもその場に立ち会ってもらいたい」

話の展開についていけず、祐一は面食らった。

「はあ？　わたしはＳＣＩＳの捜査の指揮を執らなければならないんですよ」

「大丈夫だ。おまえとおれは、ただその場にいればいいだけだから。いうなれば、飾りだ。今度こそ話は以上だ。お疲れさん」

警視庁の捜査本部に戻ると、会議室には誰もいなかった。

祐一は椅子に腰を下ろし、両手で頭を抱え込んだ。島崎は何も知らないのかもしれない。第二号の望月実来の死に不審な点は見られないのかもしれない。望月実来はたまたま今日の未明に自然死し、国は何ら関与していないのかもしれない。あるいは、ＣＩＡが殺害したという可能性も十分にありうる。

第一号の三浦歩美を拉致したのは何者だろうか。誰が何のために拉致するというのか。殺すためならその場でもできたはずだ。他の新興宗教団体が自分たちの教祖にするために盗み出したのか。それもありうる気がした。三浦歩美を欲しがっている者は意外と多いのかもしれない。

頭が混乱していた。祐一は自分が正しい側についているのか、正しいことをしているのかさえ、わからなくなってしまった。

「祐一君」

いきなり声をかけられて、祐一は飛び上がらんばかりに驚いた。

振り返ると、最上がドアの隙間から覗き込んでいた。

「驚かさないでください」

「ごめんね。ここに来たら祐一君がいるかな、と思ってね」

最上は部屋に入ってきて、祐一の目の前の席に腰を下ろした。

祐一は顔を上げて最上を見つめた。

「最上博士、もしも……、もしも国家が望月実来に手を下していたとしたら、わたしはもういまの仕事を続けていくことはできないでしょう」

「うん、そうだよね。わかるよ、その気持ち。でも、そうと決まったわけじゃないんでしょう？」

「ええ、まあ……」

「じゃあ、信じるしかないんじゃない」

「ええ、そうですね。……最上博士、困ったことになりました。この先、第三、第四の処女懐胎者が出てこないとも限らない。日本は、世界は、大混乱に陥るでしょう。その事態を収束させる責任がわれわれの肩にのしかかろうとしています」

最上はそんなものは感じないというようにぐるぐると肩を回した。

「祐一君の悪いところは、世の中のすべての悪を自分の力で解決しようと奮闘するところだよ。スーパーマンじゃないんだからね」

「さすがにそんなことは思っていませんよ」

「ふふふ」

最上が祐一を見て、和らかく笑った。冗談で言っているのだとわかった。

祐一は最上の存在をありがたく思った。ずいぶんな変わり者ではあるが、女性としてのやさしさも持ち合わせている。

「最上博士、とんでもない事件に巻き込んでしまってすみません」

「いいのよ、わたしも楽しんでいるんだから」

「ありがとうございます」

「何よ、水臭いわねぇ」

最上と祐一は笑い合った。

ドアに遠慮がちなノックがあって、祐一の直属の部下である横山梨香《よこやまりか》が入ってきた。身長は一七〇センチの長身で、モデルのような体格だが、最上に勝るとも劣らない童顔である。

横山は最上に軽くあいさつをしてから、祐一にA４用紙の束を寄越した。

「記者会見の草稿をお持ちしました。一応、流れを頭に入れておいてください」

祐一は紙の束を受け取ると、ぱらぱらとめくってみた。十枚くらいあるだろうか。

「きみがつくったのか？」

「今日一日かかりきりでしたよ。内容を読んでも怒っちゃだめですよ。上層部の総意で決まったことですから」

冒頭から目を通すと、すぐに驚くような文章に出くわした。

――青森県在住の少女の処女懐胎報道は、少女を利用した新興宗教団体、光の門による狂言であることが判明した。処女懐胎という事実には誤認があり、少女と胎児の検体を分析した各研究機関の結果も同様の見解を示している――。

まったくの虚偽である。上層部は徹底して処女懐胎者の誕生などなかったものにしようとしているらしい。あまりにも下手な嘘だ。著名な竹原医師の診断結果など、証拠はいくらでもあるというのに、すべてを隠蔽する気でいるのだ。あまりにも高圧的かつ愚かなやり方に恐ろしくなってきたほどだ。

祐一は何も答えない代わりに、大きなため息をついた。

「会見は何時からだ？」

「明日の朝九時です。お顔の色がよろしくないです。今日はゆっくり休まれたらいかがでしょうか？」

今日は朝からずっと奔走《ほんそう》し続け、人の生死にまで直面したのだ。疲労困憊《こんぱい》しているのは当然だろう。できることなら、この場から逃げ出して、もう二度と帰ってきたくはないほどだった。

「ありがとう。だが、わたしが休むわけにはいかない」

祐一は最上に別れを告げ、宿直室で数時間眠ることにした。

4

翌朝、会議室近くの洗面所の鏡で、祐一はネクタイを結び直し、髪型を整えた。鏡に映り込む自分は極度に疲れ、緊張しているように見えた。実際そのとおりだった。

これから警察庁は、公式に全国民に向けて下手な嘘をつかなければならない。それが仕事だとはいえ、祐一もまた責任を感じないではいられない。嘘の罪をすでに背中に負ったように、身体全体が重苦しかった。

祐一は両手で頬を張って、気合を入れて廊下へ足を踏み出した。

記者会見の場は警視庁内の講堂が使われた。控室にはすでに広報課長と島崎がおり、二人とも緊張した様子でいた。広報課長は野島明郎《のじまあきお》警視長。肉付きのよい身体つきをした男だ。講堂を覗いてみると、すでに記者クラブの面々が立錐《りっすい》の余地もないほど詰めかけていた。記者たちはいきり立っているように見えた。

「よし、行きましょう」

島崎と野島課長がうなずき合い、二人のあとに祐一は続いた。演壇の後ろに立つと、カメラのフラッシュが痙攣《けいれん》を起こしたようにあちこちで瞬いた。祐一はまぶしさに目をしばたたいた。

一同は記者たちに向かって深く一礼した。

野島が口を開いた。

「それでは記者会見を始めたいと思います。警察による捜査でこれまで判明したことをお伝えします。青森県在住の少女の処女懐胎報道は、新興宗教団体による少女を利用した狂言であることが判明しました――」

講堂内がどよめきに包まれた。そんな馬鹿なという驚きと疑いの感情が渦巻いている。

野島の発言を聞きながら、祐一は冷や汗が脇の下を流れ落ちるのを感じた。未知のウイルスが発見された事実は隠蔽。第二号が発見されたことなどおくびにも出さない。当然、第二号が死亡したことについても触れない。第一号が何者かによって拉致されたことも黙っている。

野島の額にも汗がにじんでいた。

「この新興宗教団体は、少女と妊娠した女性を巧みに使い分け、専門家の判断を狂わせたということで、ここまで世界的な問題に発展するとはよもや思っていなかったとのことです。新興宗教団体の代表者は深く反省しており、当団体を解散することで責任を取りたい考えを示していたのですが、一昨日、教団内の施設で死亡しているところを発見されました。警察では自殺とみて捜査しています」

野島がハンカチで額の汗を拭った。島崎は祐一の隣で身じろぎ一つせずにいる。

質疑応答の段になると記者たちから一斉に手が挙がった。

「青森の少女は未知のウイルスに感染したという情報があるんですがね」

野島が答えた。

「いえ、そのような情報は入ってきていません。公共の電波を使っていい加減なことを発言されては困ります。次の方？」

公共の電波を使っていま嘘をついていることを祐一は苦々しく思った。

無精髭《ぶしょうひげ》の記者が口を開いた。

「情報源を明かすわけにはいかないんですが、川崎の病院で第二号の処女懐胎者が現れたとの情報があるんですが？」

無精髭の男は薄ら笑いを浮かべていた。こちらの反応を楽しんでいるようだ。男は自分の情報が確かであることを確信している。川崎の総合病院の関係者から決定的な証拠でも得ているのだろう。警察の情報統制もその程度のものだ。

「そのような情報はありません」

野島の声は震えていた。

記者たちの間から嘲笑のような笑い声が漏れた。

誰かが質問をした。

「いまも三浦歩美さんは光の門の施設の中にいるんですか？」

「こちらは三浦歩美さんの状況を把握していません」

「嘘だね」

誰かが野次を飛ばした。講堂内がざわついている。

野島の震えが伝わったのか、祐一は自分の手が震えていることに気づいた。記者たちに知られまいと、手を机の下に隠した。

「これで記者会見は終了します」

もう限界だと思ったのだろう。野島は早々に会見を打ち切った。とうとう島崎は一言も話さなかった。

一同が一礼すると、方々から非難の声が上がった。彼らと目を合わすことなく、講堂を足早にあとにした。


記者会見場から逃れるようにＳＣＩＳの捜査本部へ戻ってくると、祐一はどっと椅子に座り込んだ。

近くには長谷部と最上がおり、大型テレビで報道番組を見ていた。いましがた祐一が立ち会った記者会見を見ていたのだろう。

最上が同情するような顔をして言った。

「祐一君、お疲れ様。大変だったね。上司が嘘を並べ立てる現場にいなければならなかったんだからね」

「何とでも言ってください。わたしたちは国民を、いや世界を欺《あざむ》いたんです」

「それが務めなら仕方がないじゃないか」

長谷部が祐一の肩をぽんと叩いた。

「おれたちは、おれたちがいまできることをしようじゃないか」

祐一は顔を上げて最上を見た。

「最上博士のお力をまたお借りしたく思います。この先、第三、第四の処女懐胎者が現れたりなどすれば、われわれは前言を撤回しなければならないばかりか、事態を収拾することはもはや不可能になるでしょう。そうなる前に、何としてもガブリエルを捕まえなければなりません」

最上はうなずいた。

「そうだね。気づかれていないだけで、ひょっとしたらガブリエルはすでにマリア・ウイルスを他の誰かにも投与しているかもしれないしね。科学者が実験を行うのに、一人や二人しか試してみないっていうことはありえないような気がするし」

最上の言うとおりだ。マリア・ウイルスに感染させられた被害者が自分の妊娠に気づくまでにはタイムラグがあるから、まだ現れていないだけかもしれないのだ。

長谷部が思い出したように言った。

「そういえば、科警研の武井さんからの連絡はまだないのか？」

「いえ、残念ながら」

武井にはマリア・ウイルスのベースとなったパンドラウイルスの変異状況から、作製者のガブリエルが所属する研究所を突き止める手伝いをしてもらっていた。それには時間がかかるようだった。

「博士、他の線からガブリエルにたどり着くことはできませんかね？」

最上は両こめかみをくりくりともんだ。

「わたしもそれをずっと考えていてね。プロファイリングするにしても、ガブリエルはわたしの論文を気に入っていて、ウイルス進化論をはじめひととおり目を通している人物だとは思うんだけれど、それだけじゃ、ガブリエルがどこの誰かまではわからないかならなぁ」

プロファイリングでは犯人像をぼんやりとはイメージできても、犯人がどこの誰かまではなかなか特定することはできない。

長谷部が考え込むようにしてから最上に顔を向けた。

「最上博士だったら、マリア・ウイルスをどうやってつくる？」

「え、どうやって？」

「最上博士がＢＳＬ３以上の研究所に勤める研究員だったとしたら、どうやってマリア・ウイルスをつくるかな？　何か特別に必要な道具だとかあるか？　あるとすれば、そこから足がついて、たどれるかもしれないが」

刑事らしい質問だった。

「必要な道具ねぇ。それなら、すべて研究所内で賄《まかな》えると思うけれど……。でも、ちょっと待って」

最上はうんうんとうなりながら会議室をぐるぐると歩き始めた。

「ウイルスの効果を試すためには、動物で治験《ちけん》を行わなければならないよね。ガブリエルもそうだったはず。マウスなどの小型哺乳類でももちろん試してみたと思うけど、もっと大型の人間に近い類人猿でもやってみたんじゃないかな。普通の手順を踏んだとしたら、サルの実験もしたに違いないと思うな」

「サルですか。秘密裏に行う実験にしては、サルの実験は見つかりやすく危険では？」

祐一の意見に最上はうなずいた。

「そうなんだよねー。サルみたいな大型の動物が処女懐胎しちゃったら、同僚の目を誤魔化せないよね。じゃあ、サルでの実験はしなかったのかもしれない」

「どこからかサルを買ってきて、自分の家で実験できないのか？」

長谷部が尋ねると、最上は即答した。

「個人が自分の自宅にBSL3以上の設備をつくることはできないと思うよ」

「そうか……」

最上は歩き回るのをやめ、窓際で立ち止まった。顎に手を添えて、何やら考え込んでいる。

祐一は彼女の異変に気づいて声をかけた。

「何か思い当たることでもあるんですか？」

「サルだよ、祐一君」

最上はとんと手のひらを打った。

「わたしってば、すっごく大事なことを思い出しちゃった」

「こちらにもわかるように説明してください」

「あのね、昨年の初夏くらいに、古都大学霊長類センターでニホンザル十三匹が死亡するという事件が発生してね。ニュースでもやってたんだけど、覚えてない？」

祐一は首をひねった。

「さあ、サルの事件には興味がないので、ニュースでやっていても聞き流してしまったかもしれません」

「当初は、原因不明の奇病が発生して死亡したという話でね。原因の究明が行われたんだけど、その後の発表がなされていないのよ」

祐一にも最上の言わんとするところがわかってきた。

「なるほど。ガブリエルは古都大学霊長類センターのサルたちで動物実験を行ったかもしれないと？」

「そういうこと。まあ、あくまでも可能性の話だけども」

祐一はありうると感じた。長谷部も同じようで、うなずいて返した。

腕時計を見ると、午前十時半を少し過ぎていた。

「確かめる価値はあるかもしれません。さっそく向かいましょう」

5

相変わらず山間《やまあい》の道をひた走っていた。昨夜は路傍に車を止めて、車内で一夜を過ごした。あと一時間もすれば都内に入るだろう。小宮裕司は運転をしながら内心でため息をついた。

この十一歳の少女との逃避行を楽しんでいる自分がいた。追われる身になって初めて自由を得たような気がしたのだ。

このままカール・カーンたちクローンとは縁を切り、一人で自由を謳歌《おうか》しながら生きていきたいという気持ちも、確かに心のうちに存在している。

頭の大半を占める榊原茂吉の意識と記憶はそうは考えない。この少女のゲノムを解析しなければならない。クローンに関する技術はわれわれが独占しなければならないのだ。

小宮は三浦歩美とその子供の行く末を案じずにはいられなかった。光の門に崇拝され幽閉される人生とどちらがよいだろうかと。

ふと隣を見ると、助手席で三浦歩美が浅く息をしていた。呼吸が早く苦しそうだ。

「どうした？　大丈夫か？」

歩美は応えない代わりに、早い呼吸を繰り返した。

小宮は臨月の女と一緒にいたことがない。子供を産む間近の女がどんな様子なのか、さっぱりわからなかった。

歩美の呼吸がさらに早くなり、下腹部が水浸しになった。尿漏れのような量ではない。

破水したようだった。

「しっかりしろ!」

一刻も早く病院に駆け込まなければならないことは明白だった。

小宮はカーナビで近辺の病院を検索して、一番近くにある総合病院に車を走らせた。

小宮は産婦人科の前のベンチに座り、いまかいまかと待っていた。他に患者やその家族はおらず、薄暗い廊下に小宮一人きりだった。

緊急出入り口から搬送されたとき、医師や看護師たちは母体の若さに衝撃を受けていたが、すぐに真剣な表情に戻ると、何やら専門用語で呼びかけ合っていた。小宮は少女の父親と思われたようだ。処女懐胎のことがバレるのはまずいので、医師には帝王切開での出産の希望を伝えた。医師も母体が小さいのでそのほうがいいとの判断だった。

一分が一時間のようにも感じられた。小宮はまるで自分の子供が生まれるとでもいうように、ただただ無事に出産されることを祈った。

分娩《ぶんべん》室の扉の向こうから、けたたましい泣き声が聞こえた。呱々《ここ》の声だ。

両開きのドアから女性看護師が出てきた。彼女は小宮に向かってにっこりと微笑んだ。

「お孫さん、無事生まれましたよ。かわいい女の子です」

看護師に連れられ、小宮は分娩室に入った。ベッドに三浦歩美が横たわっており、細い両腕の中で小さな命が息づいていた。赤ん坊は泣き止んで、安らかな表情で眠っていた。

歩美は疲れ切った様子で、生気が失せていたが、穏やかな顔をしていた。

小宮は歩美に言った。

「よくがんばったな」

歩美は小さくうなずいた。自分が産んだ子を穏やかな眼差しで見つめている。

看護師が気を利かせたようで、こんなことを言ってきた。

「抱っこしてみますか？」

「いや、その……」

小宮は辞退しようとしたが、看護師が赤ん坊を歩美から受け取ると、無理やり小宮のほうへ突き出してきた。仕方がなく、小宮はおずおずと赤ん坊を胸に抱いた。

信じられないくらいの軽さだった。

処女懐胎により生まれた子であり、人類の行く末を決めかねない存在でありながらも、邪悪さや恐怖のようなものは一分も感じられなかった。

生まれてきた子には罪はないのだと、あらためて思った。

クローンとして生まれ落ちた自分には何ら罪はない。

おれは邪悪な存在などではないのだ。

「かわいいでしょう？」

看護師が同意を求めるように言った。

「ええ」

小宮は顔を歪《ゆが》めた。涙が頰を伝い落ちた。

逃亡中に赤ん坊が生まれたのは予定外の事態だった。

帝王切開での出産のため、三浦歩美は六日間の入院を勧められた。もちろん隙《すき》を衝《つ》いてすぐに病院から離れるつもりだった。いますぐにでも警察が二人を追ってきかねないのだ。

それよりも、小宮はこの先のことについて思い悩んでいた。

三浦歩美が出産したと、本来ならばすぐにでもカーンに連絡を入れなければならない。

カーンにすぐにでも引き渡せば、この逃避行を終えることもできよう。小宮はまた闇に紛れることができる。

なぜかそれができなかった。赤ん坊に親心が芽生えてしまったのか。出産の現場に立ち会うという新しい経験を経て、脳のコネクトームが大きく変化し、メインである榊原の意識よりサブである自分の意識のほうが強くなってしまったようだ。

「おれは何を迷っているんだ……？」

安らかに眠る三浦歩美と赤ん坊を見つめながら、小宮は一人頭を抱えていた。

6

祐一、長谷部、最上の三人は、東京駅から名古屋まで新幹線に乗り、そこから電車で古都大学霊長類センターのある愛知県犬山《いぬやま》市に向かった。

最上はエコノミー症候群になることを恐れ、いや、本当はただ楽をしたいためだろうが、グリーン車に乗ると言ってきかず、長谷部も打ち合わせしたいのでみんなでグリーン車に乗ったほうがいいなどと言うので、祐一は渋々三人分のグリーン車のチケットを買った。新幹線内では、最上は東京駅で買ったお菓子をずっと食べ、長谷部はリクライニングシートを倒してずっと寝ていた。祐一は呆れて物が言えなかった。

乗車中、ネットで過去のニュースを検索してみると、昨年六月、同センターで飼育されているニホンザルが大量死したという記事はあった。霊長類の研究施設や、動物園などで、時折、伝染病が原因と思われる動物の大量死が報告されているらしい。古都大学霊長類センターでは三年前の秋と昨年六月の二度、大量死が起こっていた。

古都大学霊長類センターは愛知県犬山市ののどかな住宅街にあった。外からうかがい知ることはできないが、同センターは日本最大の霊長類研究所であり、敷地内には数百匹に及ぶ霊長類が研究のために飼育されているという。

敷地の出入り口の脇に守衛室があり、祐一は老齢の守衛に声をかけ来意を告げた。守衛は一本電話をかけてから、三人を研究棟のほうへ案内してくれた。原口幹雄《はらぐちみきお》教授が会ってくれるという。研究棟は歴史を感じさせるがかすかにかび臭い建物で、一階に薄暗い小さなロビーがあった。

ソファに腰を掛けて待っていると、五十半ばの白衣を着た男がやってきた。落武者《おちむしゃ》のような髪型をして、彫りの深い顔立ちをしている。胸にニホンザルの子供を抱きかかえていた。子ザルは原口につかまりながら、祐一たち三人を大きな目で興味深そうに見つめた。

四人はテーブルを囲んで腰を下ろした。

祐一はあいさつもそこそこに切り出した。

「こちらで昨年六月に起きた、ニホンザルの大量死についてうかがいたいことがあって参りました」

原口はかすかな狼狽を示し、頭髪を何度も整え直した。

「ええ、お話しできることは何でもお話ししますが、なぜ警察庁の方が捜査をされているんでしょうか？」

「いま警察庁主導で捜査を行っている、ある事案との関連性を知る上での簡単な聴取だと思ってください」

「はあ」

なおも納得がいかない様子ではあったが、原口は祐一たちを応接間のような部屋に案内した。部屋の壁一面にニホンザルたちの写真が貼り付けられていた。サルたちの日常の風景を写したものだろうか。毛づくろいをしているものや、餌を食べているところ、水浴びをしている場面もあった。祐一は左端の写真を見て息を止めた。サルたちの集団死体が映っていた。

最上が写真に見入っていると、原口が暗い声で説明した。

「ひどいものでしょう。この写真は三年前の秋のものです。この写真のニホンザルたちは、サルレトロウイルス4型、SRV-4というウイルスに感染して死亡しました。臓器や粘膜からの出血、暗褐色で泥状の便、また、血小板の数がゼロになり、白血球、赤血球の著しい減少も見られました。SRV-4の宿主はカニクイザルなんですが、実験の都合上ニホンザルと同じ部屋に入れておいたところ、ウイルスが変異して、抗体を持たないニホンザルに感染してしまったんです」

祐一は恐ろしくなって尋ねた。

「そのウイルスの人への感染はありうるんですか？」

「アメリカで二名の感染例が報告されていますが、発症はありません」

祐一は、かわいらしいサルの子供から気持ち身体を引いた。

最上が原口に顔を戻して言った。

「ここでは三年前の秋と昨年の六月の二度、ニホンザルの大量死が起きてるよね。三年前の大量死の理由はＳＲＶ−４に感染したためだってわかったけど、昨年の六月の大量死のその後の進展をマスコミは報じていないからわからないままなんだ」

原口は弁解するように言った。

「マスコミは報じなくとも、われわれは調査を続けていますよ」

「三年前の大量死では、カニクイザルとニホンザルを一緒の部屋で飼育したことがＳＲＶ−４への感染の原因だったんだよね。でも、今度の大量死は違うんでしょう？　それとも、こちらの研究所は過去から学ばずに、また同じ轍《てつ》を踏んだってこと？」

原口は責任を問われたかのように額に脂汗をにじませた。

「いえ、もちろんニホンザルとカニクイザルを一緒にすることはありませんでした。一度目のニホンザルの大量死が起こったあとは全頭検査も行い、飼育場の消毒も行ったんです。ただ、二種類のサルを同じ場所で飼育こそしませんでしたが、共通のエリアを別々に使わせることはしますから、そこでまたニホンザルにウイルスが感染したのかもしれませんね」

最上は、しれっとした顔で言った。

「外部の人が意図的にウイルスを感染させた可能性もあるよね」

原口は怪訝な表情をして、最上のほうを見つめ返した。

「さあ、それはどうでしょうね。そんなことをして何の意味があるんでしょうか?」

最上はその質問には答えずに別の質問を投げた。

「それで原口教授、去年の六月に起きたニホンザルの大量死は何が原因だったの?」

原口が額の汗をぬぐった。子ザルが教授の少なくなった髪の毛を引っ張った。

「それがいまだ調査中で……。実はよくわかっていないんです」

最上はさらに尋ねた。

「死亡したサルたちはどんな症状だったのかな?」

「それはその……、実は体に奇妙な瘤《こぶ》ができているものが数匹散見されました」

祐一は驚いて聞き返した。

「奇妙な瘤……。腫瘍《しゅよう》ですか?」

「切開してみると、骨や歯、皮膚などが見つかったので、テラトーマのようにも思われましたが、テラトーマは通常、卵巣や精巣に生じるものですから、ちょっと奇妙に思いました。それで調査を続けているんです」

最上はしばし原口の顔を見つめていた。めずらしく小難しい顔をしていた。

ようやくここへ来た目的となる質問をぶつけた。

「ひょっとしてさ、未知のウイルスに感染してたりしていなかった？」

原口は驚いて最上の顔を見返した。祐一にもその顔に書かれた文字は容易に把握できた。どうしてそれを知っているのか、と問うているのだ。

「いや、その……」

原口は明らかに動揺していた。何かを隠している様子だ。

最上はぐいっと身体を乗り出して尋ねた。

「わかっていることを教えて。ゲノム解析は済んだんでしょう？」

「ええ、まあ……」

「未知のウイルスに感染していた？」

原口は言いにくそうにしていたが、やがてぽつりとつぶやくように言った。

「……は、はい。そのとおりです」

「やっぱり」

最上は祐一のほうを向いて、小さくうなずいた。

「ガブリエルはここに来て、実験をしたみたいだね」

最上に代わって、今度は祐一が原口に問いかけた。

「未知のウイルスに感染していたというのに、なぜ世間に向けて公表しなかったんですか？」

原口は上ずった声で答えた。

「それがその……、調査委員会の委員長から止められていたものですから」

「委員長から？　なぜです？」

いまや原口は額から滝のように汗を流していた。

「委員長の友人が古都大学名誉教授の榊原茂吉先生で、榊原先生がウイルスの調査を引き受けたいと申し出たそうで……」

「榊原茂吉……」

祐一は長谷部と視線を見交わした。最上のほうを見ると、因縁の相手、榊原の名が出て、複雑な表情を浮かべていた。

原口が手の甲で汗を拭いながら言った。

「誰も榊原先生には逆らえません。国とのつながりも強く、うちのセンターへの研究予算の割り振りにも口出しできる人ですから。霊長類研究はおカネがかかるわりに、国からの援助が多くないんです。人間と数パーセントしか遺伝子が違わないとはいえ、霊長類を調べることがどれほど人類社会に貢献するかは疑問だと思われているんです」

原口は言い訳を並べ立てていたが、もはや誰もそれを聞いていなかった。

建物の外に出ると熱風が身体を包み込んだ。最上がうめき声を上げた。

祐一は自動販売機で、長谷部と自分の分のお茶と最上のためにコーラを買った。最上はひったくるようにして受け取ると、一息に半分ほど飲んだ。

長谷部が、発して当然の疑問を呈した。

「本事案には榊原茂吉がかかわっているってことか」

事態は複雑になってきた。祐一はこれまでの経緯を整理してみようと努めた。

「まず、ウイルスを作製してテロを起こしているガブリエルは別にいます。ガブリエルはウイルスの治験のために古都大学霊長類センターのニホンザルにウイルスを感染させたんでしょう。榊原はそのウイルスに興味を持ったというわけです」

「なるほど。ウイルステロを起こしてるのはあくまでもガブリエルだからな。で、何で榊原はそんな危険なウイルスに興味を示したんだろうな？」

祐一が答えられずにいると、その問いには最上が答えた。

「それはね、榊原博士の究極の目標にこのウイルスが役立つかもしれないと思ったからだよ」

祐一は強烈な興味を引き起こされた。

「榊原の究極の目標とは？」

「そんなの決まってるじゃないの。不老不死だよ」

最上は軽い調子で言った。

「榊原博士が一番力を入れているのは不老不死の研究でしょう。クローンの実験だって、不老不死のための研究だもんね」

榊原茂吉はクローン人間を作製していた。それは自分のクローンに自分の意識と記憶を転送して、永遠に生き続けるためだ。

「なるほど、処女懐胎で生まれる個体はクローンですからね。クローンには自分の意識や記憶を共有させやすいということでした。ガブリエルの作製したウイルスには榊原茂吉が興味を示す要素があります」

そう言ったあとで、祐一は重大なことにも気づいた。

「おや、しかし、処女懐胎ができるのは女性だけでは？　大量死したニホンザルたちはみんなメスだったんでしょうか」

「ううん、違うのよ。ガブリエルが古都大学霊長類センターで使ったウイルスは、処女懐胎を引き起こすマリア・ウイルスとは違うものなのよ」

祐一は困惑した。

「確かに。そう言われればそうです。霊長類センターのサルたちは腫瘍のような瘤ができていたということでした」

最上が真相を知らせるのが楽しいというように頬を緩めた。

「それはね、腫瘍ではなくてね、出芽だよ」

「出芽……!?」

意外な言葉に祐一は面食らったが、長谷部は意味がわからない様子だった。

「シュツガって何だ？」

「原口教授が言っていたでしょう。死亡したサルの身体には瘤が見られたって。その瘤はテラトーマじゃなくって、出芽増殖しようとした跡なんじゃないかな」

想像を絶する話の内容に祐一は言葉を失くし、長谷部に至ってはまったくついてこられていなかったが、最上は嬉々とした様子で話を続けた。

「生物が増えていくには、有性生殖と無性生殖の二つの方法があるって言ったよね。有性生殖っていうのは二つの個体間でゲノムを交換し合って、新しいゲノムを持った個体を生む方法で、無性生殖っていうのは一つの個体が単独で新しいけれど同一のゲノムを持った個体を生み出す方法なのね。

それで、出芽っていうのは、無性生殖の一つで、分裂増殖に似ているんだけれども、親の身体のある部分から子ができて、それが大きく育っていって生み落とされるっていう方法なの。淡水に棲む刺胞《しほう》動物のヒドラなんか出芽で増殖するんで有名だよね。もちろん、分裂と似たようなものだから、親とまったく同じゲノムを持っているってわけ。つまり、クローンね」

長谷部は意味を知ると不快げに顔をしかめた。

「げっ、恐ろしい増殖方法だな。それをサルでやろうとしたってわけか。マッド・サイエンティストじゃないか……」

祐一も長谷部の言うとおりだと思っていた。

「サルたちの身に起きたのは出芽だったと？」

最上はこくりとうなずいた。

「そう考えると辻褄《つじつま》が合うよね。ガブリエルは無性生殖に興味を持っているみたいだから。まあ、結果的には、出芽増殖は成功しなかったようだけれども」

「ガブリエルは出芽を引き起こすウイルスを開発し、サルによる動物実験を行ったが失敗した。だから、次に処女懐胎を引き起こすウイルスの作製に取りかかった……」

「そう。ひょっとしたらガブリエルの当初の目的はニホンザルを使って出芽させることだけだったのかもしれない。それだけでも、報道されればものすごい社会的なインパクトを与えられるしね。でも、それが失敗してしまったから、今度は人間をターゲットにした処女懐胎に移行してしまったのかも……」

長谷部が大きなため息をついた。

「人間を枝分かれさせて増殖させるとは薄気味悪い研究だな。それが進化の行く先なら、これからはオスもメスも必要ないってことか」

祐一はうなずいた。

「性という概念が崩壊するでしょうね」

誰もが生殖行為なしに、自分勝手に出芽によってクローンの子をつくられるようになった世界とはどのようなものだろうか。家族という概念は崩壊するだろう。細胞分裂により増殖したコロニーのように強固な集団を形成するかもしれない。これまでの世界との大きな違いはあるだろうか。案外、人類は変わりなく文明を維持していくかもしれないような気がした。生命はしたたかだ。

「いろいろわかってきたことはあれど、肝心かなめのガブリエルが誰かということは依然としてわからないままだな」

長谷部の言うとおりだった。祐一は疲労が増すのを感じた。はるばる愛知までやってきたが、ガブリエルにつながる糸はそこで途切れてしまった。

見ると、最上はどこか遠くを見つめていた。何か考え事をしているのか、よくわからなかった。

7

捜査本部に戻ってきたころには深夜になっていた。祐一たち三人はみな疲れ果てていた。ウーバーイーツで中華料理の出前を取り、三人でくつろいでいるところに、科警研の武井から連絡があった。待ちに待っていた報告だった。

「パンドラウイルスの変異に基づいて作成された系統樹とマリア・ウイルスを比較してみた結果、五つの研究機関が所有するパンドラウイルスとの類似点が見つかりました。すべてＢＳＬ３以上の研究設備を所有しています」

祐一は勢い込んで応じた。

「なるほど、それらの機関にガブリエルが所属している可能性は高いというわけですね。五つの研究機関の名称を教えてください」

「理化学研究所、国立感染症研究所、帝都大学医学研究所、古都大学医学研究所、ライデン製薬研究所、以上の五つです。それでも研究員は数百人はいると思いますよ」

「そうですか……」

「あと一つ。第二号の望月実来もマリア・ウイルスに感染していました」

最後の報告は予想していたことだったので、驚きはなかった。

祐一が感謝の言葉を述べて通話を切ると、最上が嬉しそうに顔をほころばせた。

「だいぶ対象者が少なくなってきたじゃない」

「ライデン製薬の名前も出たぞ」

長谷部がにやりとした。

ライデン製薬は榊原茂吉が相談役として雇われている最大手の製薬会社である。ボディハッカー・ジャパン協会のカール・カーンもまたライデン製薬とは深いかかわりがあった。ボディハッカー・ジャパン協会はその会員を人体実験の被験者としてライデン製薬に提供している疑惑がもたれていた。ライデン製薬の新薬開発の成功率が同業他社に比べて抜きん出ているのにはそんな理由があったのだ。

「ちょっとライデン製薬に絞って捜査してみるか」

長谷部は勢いづいたが、祐一はまだ慎重だった。

「ライデン製薬の研究員はいったい何人ぐらいいるんでしょうね」

「百人はいるんじゃないかな」

最上が答えると、長谷部がそれに応じた。

「これだけの事件を起こしている犯人だ。いままでどおりの研究者生活は送っていないかもしれない。タマやんたちにライデン製薬に連絡させて、最近退職した者はいないか調べさせよう。ええっと、三浦歩美が妊娠したのはいまから九カ月前だから、そのころまで遡《さかのぼ》って調べさせようか」

「ええ、ぜひそうしてください」

長谷部がスマホで電話をかける傍らで、最上は何やら考え込んでいる様子だった。そんな彼女を祐一はじっと見つめた。

「どうかしたんですか？」

「うん。ちょっとガブリエルをあらためてプロファイリングしてみようと思って」

「プロファイリングでは犯人を特定まではできませんよ」

祐一の言葉は耳に入らないようで、最上は独り言をつぶやくように続けた。

「ひょっとしたら、わたしはわたしを追っているんじゃないかな」

不可解な言い回しに祐一は聞き返した。

「というと？」

「ガブリエルはどうして処女懐胎を引き起こすようなウイルスを作製したんだろうって考えたのよ。今回のウイルステロの動機は何だろうってあらためて……。世間を混乱に陥れるだけなら、何も処女懐胎を引き起こすウイルスなんて面倒なものをつくる必要はないって話したじゃない。もっと凶悪なウイルスなんて、いくらでもつくられるんだからね」

「最上博士は前に承認欲求ではないかとおっしゃっていましたが」

「そう。それなのよ」

最上は人差し指を上に向けた。

「ガブリエルは認めてもらいたかったのよ。何をって、自分の正しさをね」

「自分の正しさ？」

「わたし思ったんだけれど、ガブリエルがわたしの論文に目を通している可能性については指摘したけれど、ひょっとしたらガブリエルはウイルス進化論を証明するような論文もまた書いたんじゃないかな。そして、進化学会の権威によって、それを否定されたんじゃないかな。学会を追われたんじゃないかな？」

長谷部が渇いた笑い声を立てた。

「まさに最上博士そのものだな」

「だから、わたしはわたしを追っているって言っているじゃないの」

最上がぷりぷりと怒って応じる。

祐一はなるほど、とうなずいた。

「ガブリエルはかつて屈辱を味わった。その仕返しのため、そして、自分の正しさを証明するために、人類を進化させるマリア・ウイルスを生み出したというんですね」

「そういうことよ。まあ、わたしは純粋無垢《むく》な聖人のような人格者だから、そんな考えには至らずに済んだんだけれどね」

最上は祐一と長谷部のリアクションを待っているようだったが、二人とも視線を合わせなかった。

「で、そのような人物に心当たりがおありですか？」

祐一が尋ねると、最上はかぶりを振った。

「ううん。わたしも最近はさっぱり論文を読んでいないからわからないけど、たぶんその論文は世に出ていないんじゃないかな。たとえば、論文を発表しようとして握り潰されたとか」

「たとえば、榊原茂吉のような人物に？」

「そうかもしれない」

最上は集中しようとするように両手をこめかみに当てた。

「わたしがガブリエルだとしたらどうするか考えてみるね。わたしがそんな論文を書いたなら権威ある科学誌に論文を投稿しようとする。たとえば、イギリスの『ネイチャー』に投稿する。他にも『サイエンス』や『セル』など科学誌はあるけど、権威という点において『ネイチャー』の右に出る雑誌はないからね。

科学誌には論文を審査する委員がいて、彼らが論文掲載の可否を決めるんだけど、分子生物学の論文ならば分子生物学の学者が査読《さどく》するわけ。当然、彼らは権威筋の研究者だから、もしも自分たちの研究成果を覆すような論文が送られてきたら、感情的に頭から否定しにかかっても何らおかしくはないよね。ガブリエルが書いたかもしれないウイルス進化論の論文が審査委員の逆鱗《げきりん》に触れ、撥《は》ね退《の》けられたとしても何らおかしくはないってわけ」

長谷部が呆れた声を出した。

「科学者もしょせんは人間ってことか」

最上が祐一のほうを見た。長谷部も期待を込めて見つめている。

祐一は困惑した。

「ええっと、それはつまりわたしが『ネイチャー』の編集部に連絡をするってことでしようか？」

「そりゃそうだよね。何でもかんでもわたしに頼らないでね」

長谷部もにやにやしている。

「おれ、英語はしゃべれないからなぁ」

仕方なく祐一はその場でスマホを取り出し、イギリスはロンドンに本拠地のある『ネイチャー』の編集部の連絡先を調べ、電話をかけた。イギリスと日本の時差は八時間で、ロンドンはまだ昼の二時過ぎだ。

女性の声がきれいなイギリス英語で応えた。

「何かご用でしょうか？」

祐一はスマホをスピーカーにしてから、英語で自分の肩書きを名乗った。横で長谷部が口笛を吹く真似をしたが、無視だ。

「以前、貴誌宛てに、日本人の研究者からウイルス進化論にまつわる論文が送られてきたことはないでしょうか？」

「ウイルス進化論？」

「ウイルスによる進化の証明に関する仮説です。日本人の研究者から送られてはきませんでしたか？　そして、貴誌の審査委員によって掲載を見送られたということはなかったでしょうか？」

電話の向こうの女性は少し考えるような間を空けてから言った。

「担当の編集者に当たってみますので、しばしお待ちください」

二十分ほど待たされて、ようやく男性の声が応じた。

「話は聞きました。ええ、三年ほど前でしたか、確かにそのようなことは一度ありました」

最上が横でガッツポーズをつくってみせた。

「その人物の氏名と連絡先はわからないでしょうか？　もしも、わかりましたら、折り返しご連絡いただければと思います」

三十分後、男性編集者から電話がかかってきた。

「先ほどあなたがおっしゃっていた論文の投稿者の名前がわかりました。スズカ・カンノです。三年前の帝都大学博士後期課程時に執筆されたものですが、二人の研究者が査読し、二人ともに却下《リジェクト》の判定を下しました」

「論文を査読した人物の名称はわかりますか？」

「ジェームズ・エバンズ、そして、モキチ・サカキバラ」

「モキチ・サカキバラ……」

最上はガッツポーズの手を解き、愕然としたように肩を落とした。

「助かりました。ご協力感謝いたします」

祐一は通話を切るとつぶやいた。

「まさか本当に榊原茂吉が審査にかかわって却下しているとは……」

最上もまた暗い声で言った。

「ジェームズ・エバンズ博士は榊原博士の兄貴分のオリバー・ランバード博士の同僚だからね。みんなネオダーウィニズムの信奉者だから、ウイルス進化論を支持する論文なんか却下するに決まっているよね」

祐一は帝都大学の総務課に問い合わせ、スズカ・カンノの就職先について尋ねた。すぐに折り返し連絡があった。担当教授により勤め先を教えられたという。

予想していたとおり、スズカ・カンノの勤め先はライデン製薬研究所だった。

長谷部が勢いよくうなずいた。

「やっぱり思っていたとおりだったな」

最上が万感の思いといった様子で息をついた。

「ついにたどり着いたね。大天使ガブリエルにね」

翌日の午前中に、汐留《しおどめ》にあるライデン製薬に車で向かった。全面ガラス張りの威容を誇る現代的なデザインのビルである。研究所もまた本社内にあった。事前にライデン製薬に確認を取ったところでは、研究者だった菅野涼香《かんのすずか》は昨年の十二月初旬に退社しているということだった。玉置たちが世田谷区経堂《きょうどう》にある菅野涼香の住所を訪ねたが、もぬけの殻《から》だったという一報が先ほど届いたばかりだ。祐一は島崎課長に事の経緯を伝え、菅野涼香を全国に指名手配するよう進言した。

祐一はノートパソコンに送られてきた菅野涼香のプロフィールに目を通していた。玉置が調べたものだ。

「菅野涼香、帝都大学理学部大学院博士課程修了。専門はウイルス学で、巨大ウイルスに関する論文がいくつかありますね」

祐一はあるタイトルに興味を引かれた。

「『LUCA《ルカ》の候補の一つとしての巨大ウイルス群』なるものがあります。菅野涼香はやっぱり最上博士の後ろを追っていたようですね」

LUCAとはあらゆる生物の共通の祖先、つまり、地球上に現れた最初の生物のことで、英語で“Last Universal Common Ancestor”で、その頭文字を取って〝ＬＵＣＡ〟である。科学者の間では、ＬＵＣＡはごくシンプルな構造をした単細胞生物だと思われているが、最上博士はＬＵＣＡがウイルスではないかという説を世に出している。すなわち、ウイルスこそがすべての生物の発生の源であると主張しているのだ。

「菅野涼香さんはわたしのことが大好きなんだね。会ってみたいなぁ」

最上が面白がるような口調で言うので、祐一はたしなめなければならなかった。

「博士、菅野涼香がウイルステロの被疑者であることを忘れてもらっては困ります」

運転をしながら長谷部が口を開いた。

「時系列を考えてみると……、菅野涼香が古都大学霊長類センターでニホンザルにウイルスを感染させたのが昨年の六月、三浦歩美にマリア・ウイルスを感染させたのがいまから九カ月前の昨年の十一月ごろ、そして、昨年の十二月初旬に退社したというわけか」

祐一は思い出して言った。

「長谷部さんの見込みどおり、被疑者はそれまでどおりの研究者生活を維持できなくなったようで退社していますね」

長谷部は褒められて嬉しそうに頬を緩めた。

本社ビルに到着すると、きびきびとしたベテラン風の受付嬢により、最上階にある社長室へと案内された。社長室で社長の寺門《てらかど》隆介《りゅうすけ》自らが面談に応じた。寺門はヤギ髭《ひげ》を生やした七十代くらいの御仁で、高級そうな濃紺のスーツを着て、臙脂色のネクタイを巻いたおしゃれな男だった。社長室の壁中には著名な画家の絵画がごてごてと飾られ、祐一でもわかるものもいくつか含まれていた。ゴッホ、セザンヌ、スーラ、モネ……、日本で人気のある画家ばかりだ。

祐一の視線に気づくと、寺門は自慢げに胸を張った。

「わたしは美しいものが好きでね。特にポスト印象派の巨匠はお気に入りなんだ。これらはすべてバブルのころに買ったものだから、目の玉が飛び出るぐらい高いんだよ」

「ふーん」

最上博士は興味なさそうに眺めながらあくびをしていた。

寺門はこれまた高級そうな黒革のソファセットに座るよう促した。一同がそろって腰を下ろすと、こちらを見通すような目をして口を開いた。

「それで、わが社で勤務していた菅野涼香君のことで聞きたいことがあるということでしたが？」

対面の席に腰を下ろした祐一は居住まいを正した。

「はい。菅野涼香はこちらでどのような研究を行っていたんでしょうか？」

寺門の目の奥が好奇心で揺らめいた。

「ひょっとして、いまメディアをにぎわせている事件と関係があるのかな？」

「なぜそう思われたのですか？」

寺門は自分の勘が当たったことを知り、満足そうに微笑んだ。

「処女懐胎なんてことが自然現象として起こりうるはずがない。とすれば、何者かが人為的に引き起こしたということだ。何の目的かはわからないが、その何者かは天才だ。そして、そんな天才をわたしは二人知っているが、そのうちの一人が菅野涼香君だった」

「菅野涼香は昨年の暮れに退社していますね。理由をうかがっても？」

寺門はヤギ髭をいじりながら嘆息した。

「彼女は優秀だったが、極めて扱いにくい人物だった。だから、依願退職という形で辞めてもらったんだ。いまでは辞めてもらって正解だったと思っているよ」

最上が前のめりになって尋ねた。

「で、菅野涼香さんが研究していたのはどんなこと？」

寺門は最上に好奇の目を向けた。菅野涼香が崇拝していた天才科学者だとはよもや思っていない様子だった。

「彼女が研究していたのはアンチエイジングだ」

「それは控え目な表現でしょう。昔から権力と財力を持つ人たちが最終的に人生に求めることは同じだもん。不老不死。そうでしょう？　正直に話して」

寺門はにやりとした。

「お嬢さんの言うとおりだ。わたしが優秀な科学者を集めて行っているのは、不老不死の研究だ。それもわたしのために、わたしだけのために行わせている。実験結果は公表などしない。科学者たちにはそれなりの報酬を支払う代わりにな。有意義な成果が上がれば、わたしだけがその恩恵を受ける」

「それで、成果はあったの？」

「菅野涼香に限っていえば、ない。だが、これまでの研究で二十年寿命を引き延ばせることが明らかになった。寿命が百歳とすれば、百二十歳まで生きられる計算になる」

「いま、おいくつなの？」

「わたしなら、来月八十三歳になる」

「ふーん。確かに若く見えるね。でも、寺門さんが本当は六十四歳で死ぬ予定だったら、あと一年しか生きられない計算にもなるけれどもね」

最上が憎まれ口を叩いたが、寺門はおかしそうに笑っていた。

「身体検査は半年に一度受けている。どこも異常なところはない」

祐一は気になって尋ねた。

「天才である菅野涼香にしてみても、不老不死の研究は難しかったのでしょうね。それが原因で解雇したんですか？」

「菅野涼香の不老不死への科学的アプローチにわたしが付いていけなかったからといったほうがいいだろうね」

寺門は祐一に顔を戻すと続けた。

「人類が不老不死を実現することはそう簡単じゃない。不老不死についてちょっと講釈をさせてもらえば、この世の中に死というものがあることの意味が実はよくわかっていない。生物の中には死という概念から免れているものもいる。たとえば、プラナリアには寿命がないし、ベニクラゲは寿命がないどころか、むしろ若返る。

人間は寿命が来て死ぬが、なぜ死ななければならないのか実はよくわかっていない。一説によれば、テロメアが関係しているという。テロメアとは染色体の端にある構造で、細胞が分裂にするたびに短くなっていく。このテロメアがなくなれば、細胞はもう分裂できず、死滅してしまう。命の回数券のようなものだ」

「テロメアは聞いたことがあるかな」

長谷部はなんとか話についていっている風を装っていた。

寺門はうなずくと続けた。

「じゃあ、細胞が分裂してもテロメアが短くならないようにすれば、細胞は死滅しないのではないかと誰もが思うだろう。実際、テロメラーゼといって、テロメアを修復することで細胞死を防ぐ酵素が見つかっている。だが、それはがん細胞の中に存在する酵素なのだ。分裂のたびにテロメアを完全に元どおりの長さに復元してくれるが、このテロメラーゼのせいで複製が止まらなくなり、腫瘍が急成長してしまう。袋小路だ。だから、菅野涼香は別のアプローチで不老不死に挑むことにした」

世界中の科学者がテロメアを伸ばそうとして、がん化の呪縛《じゅばく》から逃れられず悪戦苦闘していることを祐一は知っていたので、寺門の話には引き込まれた。

「それには性と死の不可思議な関係性が絡んでいる。この地球上で酸素を吸って生きるすべての生物は酸素によってエネルギーを生み出し、生かされながらも、エネルギーの副産物としての有害な活性酸素によって毒されていく。だが、有性生殖による遺伝子の交換や再編成によって、ＤＮＡの補正や修正がなされるようになり、新しい遺伝子セットを子孫に引き渡せるようになった。新たな遺伝子セットを得れば、古い損傷した遺伝子セットは邪魔になる。それが死だ。すなわち、性は活性酸素による細胞損傷への対応として進化してきたのだろう。性によって死のメカニズムの進化がいっそう促されたと思われるのだ。すなわち、死と性には両者のシステムが出来上がったその根源において密接な関係がある」

「……つまり、性ができたことにより、死が生まれたというんですか？」

祐一が困惑するのを見て、寺門は満足そうに微笑んだ。

「そのとおり。逆に、単為生殖に戻れば不死を獲得する、という説も成り立つわけだ。菅野涼香はその説に魅入られ、単為生殖を研究すると主張した。わたしには理解しがたいアプローチだ。だから、菅野涼香には依願退職してもらったという次第だよ。処女懐胎は単為生殖であるからね。いま世界をにぎわせている事件に菅野涼香がかかわっているると言われても、わたしは驚かない」

長谷部が寺門に向かって口を開いた。

「菅野涼香には、昨年の六月に古都大学霊長類センターでニホンザルにウイルスを感染させた容疑もかかっています。処女懐胎を引き起こすウイルスは昨年の十一月ごろに感染させたと考えられます。つまり、それらのウイルスはこちらの研究所で作製されたと考えられるんですが、菅野涼香はこちらではBSL3の施設の利用は自由にできたんですか？」

「もちろん。彼女には自由に研究施設を使うことを許可していたからね。残念ながら、それらのウイルスはうちで開発されたものかもしれない」

「それでは、いまも研究室には菅野涼香が研究していたウイルスが残って――」

寺門は祐一の言葉を遮って、強い調子で手を振った。

「いや、彼女が研究していたころの痕跡は何も残ってはいない。何しろ昨年の暮れからずいぶん時間が経っているからね。何もないよ」

まるでBSL3には何があっても入らせたくない、というような断固とした言い方だった。

8

捜査本部に帰還して遅めの昼食を取っていると、iPadでニュースをチェックしていた最上が声を上げた。

「菅野涼香さんが全国に指名手配されてるよ。容疑は殺人……、殺人だって！　望月実来さんを殺害した容疑者にされてる。これってどういうこと？」

最上からiPadを受け取り、祐一もまた驚きを隠せなかった。

「政府も、なりふりかまわなくなっているんでしょう。処女懐胎の事実とウイルステロの件は伏せなければなりませんからね。菅野涼香が第二号の望月実来を殺害したという筋書きは、処女懐胎もウイルステロの話も出さないで、菅野涼香を悪人に仕立て上げることができますから」

「まあ、おれたちは実際頑張ったと思うよ」

長谷部はすっかりリラックスしたムードでおにぎりを頬張っていた。

「ガブリエルが菅野涼香というところまで突き止めたんだ。あとは全国二十万人の警察官と日本国民がなんとかしてくれるさ」

祐一は長谷部の態度に呆れた。

「そんな悠長なことを言ってもらっては困ります。事態は一刻を争うんです。警察の情報統制が保たれているうちに、何としても探し出さなくてはなりません。第三号や第四号がいるのであれば、彼女たちの情報も得なければならないでしょう」

「第三号と第四号の存在を忘れていた……」

お茶を飲んでいた長谷部はむせた。

「お、祐一君も警察の人らしくなってきたね」

最上が茶化したので、祐一は肩をすくめてみせた。

「仕方ありません。わたしも歯車の一つにすぎませんから」

しばらくして、玉置と森生、優奈の三人の部下たちがあわただしく入室してきた。彼らは第一号の三浦歩美の拉致事案の件で、青森県警と共同で捜査に当たっていたのだ。

席に着くなり玉置が口を開いた。

「三浦歩美を拉致した犯人が何者か、わかりましたよ」

玉置の顔に曰くありげな笑みが浮かんでいたので、一同がよく知る人物なのだとすぐにわかった。

祐一はすぐにぴんと来た。

「カール・カーンですか？」

森生が横からノートパソコンを持ち出して、画面に映し出された男を指差した。

光の門の宗教施設の正面玄関らしきところに設置された防犯カメラに映された映像で、長髪の髪型をしたカール・カーンそっくりな男が二人の中年夫婦の後ろから入ってくるところだった。

「厳密にいうと、カール・カーンのお友達です。つまり、カーンとまったく同じ顔をしたクローンですよ。鬘なのか髪はありましたけどね」

優奈が横から説明を補足した。

「男は光の門の会長の永山明彦と男性信徒一人の計二名を殺害し、身重の三浦歩美を拉致して、信者の両親と乗ってきた車で逃亡しました。その後、車を乗り捨て、盗難車で現在も逃亡中のようです」

ノートパソコンの動画を進めると、長髪のカーン似の男が三浦歩美を抱えるようにして立ち去る様子が見てとれた。

「行先はわかっているんですか？」

「Nシステムで途中まで追っていたようですが、敵もさるもので、Nシステムがない目立たない通りを使って逃げているようです」

長谷部が一同に向かって言った。

「どのみちゴールは決まってる。カール・カーンのところだ」

玉置が渋い顔つきになった。

「二日経ってますからね。クローンはすでに三浦歩美をカーンのところに連れて行った可能性もありますね」

「遅かったか……」

長谷部が怒ったように喉を鳴らした。

祐一は口を開いた。

「榊原茂吉、ライデン製薬の寺門隆介、そして、ボディハッカー・ジャパン協会のカール・カーン。役者がそろいましたね」

長谷部がうなずいた。

「おれたちの宿敵が勢ぞろいって感じだな」

最上のほうを見ると、神妙な表情を浮かべている。榊原茂吉は最上にとって元同僚の速水真緒《はやみまお》の死にかかわったかもしれない因縁《いんねん》の相手だ。

「今回の処女懐胎の事案で、われわれが追う宿敵すべてを一網打尽《いちもうだじん》にできるかもしれません」

祐一はこれまでにカーンやクローンの沢田克也から仕入れた情報から推測しながら話した。

「榊原茂吉は古都大学霊長類センターで感染された出芽ウイルスのほうに興味を持ちました。そのときはまだマリア・ウイルスのほうは現実に感染させられてすらいなかったですからね。でも、いま榊原茂吉はマリア・ウイルスのほうにも同様に興味を持っているのかもしれません。榊原茂吉とカーンたちクローンの意識がシンクロしていれば、三浦歩美を捕まえて研究実験したいと思うのは当然でしょう」

「いち早く、三浦歩美をやつらから取り返さなければならないな」

最上がおかっぱ頭をポリポリと掻いた。

「三浦歩美さんを助けなくちゃならないし、誘拐犯を捕まえなくちゃならないし、おまけに、菅野涼香さんを探し出さなくちゃならないしで大変だよね」

最上の発言を聞いて、祐一は目の前に立ちはだかる問題の大きさをあらためて思い知った。

「おれたちはタコじゃない。人数も足りていない」

長谷部が疲れたため息をついた。

「どれもそう簡単にできそうじゃない。特に、どこにいるのかもわからない菅野涼香を見つけ出すのは極めて難しいだろうな」

祐一はｉＰａｄの記事にもう一度目をやった。

「そうですね。この記事が出てしまったら、菅野は地下に潜伏してしまうかもしれませんからね」

重苦しい沈黙の中、最上が明るい声で言った。

「こっちから探し出すのは難しくても、向こうから出てきてもらうのはできるかもしれないよ」

祐一と長谷部は最上に怪訝な視線を向けた。

祐一もまたどういう意味かと考えた。

「おびき寄せるということですか？　つまり罠《わな》を仕掛けると？」

「菅野涼香さんが向こうから現れそうな罠よね。菅野涼香さんの身になって考えてみれば簡単だよ。菅野涼香さんは科学者なんだから、科学者なら実験の結果を確かめたいと思うはず」

「というと？」

「自分がマリア・ウイルスに感染させた患者さんのその後の様子を観察しようとするよね」

長谷部が肩をすくめた。

「第一号は拉致され、第二号は死亡したぜ」

祐一ははっと気づいて言った。

「でも、それは公には知られていません。菅野涼香もまだ知らないはずです」

「うんうん、そうだよね」

「とすると、菅野涼香は第一号と第二号の様子を見るために二人の元を訪れるというんですか？」

祐一はかぶりを振った。

「第一号は光の門にかくまわれていると思っているし、第二号も病院で警察の監視下にあると思われているに決まっています。菅野涼香に立ち入る隙はありませんよ」

「それが、多少の危険を冒してもなんとしても会わなくっちゃと思わせられる方法があるのよ」

最上はにこにこしながら話を続けた。

「もしも処女懐胎者に赤ん坊が生まれるようなことがあれば、涼香さんはなんとしても赤ん坊のサンプルを得ようとするはずだよ。赤ん坊の細胞のゲノムに処女懐胎を引き起こす遺伝子がちゃんと受け継がれているかどうかを調べたいもの。それが引き継がれてこその進化なんだしね」

長谷部はうなずき、祐一に顔を向けた。

「いいアイデアかもしれない。第一号が臨月だったよな。いつ生まれてもおかしくないはずだ」

祐一もまた最上の計画を良策に思うようになった。

「だとしたら、なんとしてもカーンから三浦歩美を取り戻さなくてはなりません」

祐一は長谷部と最上を伴って、久しぶりに六本木にあるボディハッカー・ジャパン協会の本部を訪ねた。ビルの外壁はきれいに磨き上げられた鏡になっており、SFの映画に出てくるような建物のようだ。

エレベーターで二階に上がると、一面畳の敷き詰められた部屋で、カール・カーンは座禅を組んでいた。日課にしているという瞑想中だったのだろう。いつもの霞《かすみ》色の作《さ》務《む》衣《え》を着ており、義肢である銀色の両腕と両足が輝いている。

ふと気づいたのは、カーンの表情が心なしか暗いところか。

祐一たちはカーンから離れて腰を下ろした。

カーンは祐一たちを見て、いつもの微苦笑を浮かべた。

「みなさんご機嫌よう。おや、あまりご機嫌ではなさそうですね」

カーン自身も機嫌がよさそうではない気がしたが、祐一は平静を装って口を開いた。

「国家的な有事が発生したものでしてね」

カーンは小首をかしげてみせた。

「ははあ。処女懐胎者のことでしょうか。事実であれば大変に由々《ゆゆ》しき事案でしょうね」

「わたしは当初、処女懐胎にはこちらの協会がかかわっているんじゃないかと勘繰《かんぐ》っていたんですよ」

「でも、いまはそうじゃないとわかっていただけた？」

「ええ、処女懐胎にかかわっていたとしたら、第一号をさらっていったりはしないでしょうからね」

カーンは困惑したようなそぶりをした。

「おや、どういうことでしょう。まるでわたしどもが第一号をさらっていったと言っているように聞こえますが……。証拠はあるのでしょうか？」

横から長谷部がどすの利いた声で言った。

「目撃証言が何人も出ている。あんたの写真を見せたら、そっくりだったとな」

「他人の空似というものはあるものですよ」

長谷部が呆れたように鼻を鳴らした。

祐一も語気を強めて言った。

「あなたは前も沢田克也というクローンの存在を否定していましたね。ですが、沢田がわれわれの手に落ちるや、手の平を返すように沢田がクローンであることまで認めた。

今回も同じクローンでしょう？　あなたの手元に何人いるかわかりませんが、少なくない数のあなたとそっくりの顔をしたクローンの手足がいるはずだ。今回のクローンもそのうちの一人なのでしょう」

カーンは反論せずに黙ったまま聞いていた。

祐一は続けた。

「わからなかったのは、なぜあなた方が処女懐胎者に興味を示したのかですが、それもわかってきました。処女懐胎者から生まれてくる子供はクローンになる。つまり、あなたたちと一緒です。記憶共有もできるので、オリジナルと同一の人間に育てることができるというわけです」

カーンはため息をついた。

「どう推測されるのも自由ですが、わたしが誰かに三浦歩美を拉致してくるよう指示したという事実はありません」

祐一はわかっているというようにうなずいた。

「あるいはそうかもしれません。榊原茂吉との記憶共有によって、それぞれのクローンもまた榊原茂吉と同じように思考し行動するようになるのだとしたら、あなたたちクローンの中に主従関係はなく、誰かが誰かに命令することもないのでしょう」

カーンはにやりと微笑んだ。

「そこまでわたしたちのことをわかっていらっしゃるのであれば、話は早いですね。確かに、わたしには同じ顔のクローンたちが何人かいます。が、その者たちに違法行為を命じているわけではありません。それぞれが勝手に行っていることです。わたしは榊原茂吉の一面を持っていますが、カール・カーンという一つの人格の持ち主でもあります。罪を犯したクローンとわたしを結び付けて考えることはやめていただきたい」

「それでも、三浦歩美を拉致したクローンが行き着く先はあなたのところだろうと思って来たんです。処女懐胎というクローンを生むカラクリを研究するためには研究施設が必要です。あなたはライデン製薬という大企業とつながっている。ライデン製薬に話を持っていったほうがいいでしょうかね」

カーンは肩をすくめた。

「どうぞ、ご自由に」

「あと一つうかがいたい。榊原茂吉の居場所を教えてください」

「再三申し上げていますが、わたしも榊原茂吉とはコンタクトが取れずにいるのです。

あなたが情報をつかんだら、ぜひとも教えていただきたい」

祐一はカーンを見据えた。これまでも平然と嘘をついてきた男だ。信用ならない。最上が思いついた罠を実行するべく、三浦歩美を取り戻したいところだったが、今回もカーンにはうまくあしらわれてしまった。

腰を上げようかと迷ったとき、場を乱すようなスマホの着信音が鳴り響いた。カーンの私物だった。

カーンは応答するかどうか数瞬迷ったが、スマホを取って通話を始めた。話を交わすうちに、その顔からさっと血の気が失せた。

「いま、ここに来てはいけない！」

何事かと思ったが、長谷部が俊敏な動作で立ち上がり、建物の出入り口に向かって駆け出した。長谷部の姿が消えてからようやく、祐一と最上もあとを追った。

一階のエントランスホールへ出ると、カール・カーンと同じ顔をした男が一人の少女を連れて立っていた。

少女は三浦歩美だった。

長谷部が素早く、携行を許されている拳銃を抜き、銃口をカーンそっくりな男の胸元に向けた。

9

「地面に伏せろ！」

カーンにそっくりの男は悠然としていて従おうとしなかった。

「武器は持っていない」

男は平然とした口調でそう言い放った。

長谷部は再び怒鳴った。

「おまえには略取《りやくしゆ》誘拐の容疑と二件の殺人の容疑がかかっている。おとなしく地面に伏せろ」

男は仕方なしというようにゆっくりとひざまずくと、コンクリートの床の上に腹這いに横たわった。

「よし。両手を後ろにまわせ」

長谷部が男にかかわっている間、祐一は少女のほうを見つめた。三浦歩美であることは確かだったが、何かがおかしいような気がした。

最上がその疑問の答えを口にした。

「三浦歩美さん、そのお腹！」

三浦歩美のお腹は真っ平らになっていた。臨月を迎えていたはずだ。どこかで出産したのだ。

カーンが愕然として叫んだ。

「出産したのか!? 赤ん坊は……、赤ん坊はどうした!?」

長谷部は男の両手に手錠をかけ、力ずくで引き立たせた。

男は悪びれた様子もなく、口元には笑みさえ浮かべていた。

「旅の途中で陣痛が来たんでね。病院で出産した」

カーンが男に尋ねた。

「赤ん坊は？」

「三浦歩美も余命いくばくもないというし、両親がいないなんてかわいそうだからな。施設に預けてきた」

「どこの施設だ!?」

カーンは見たことがないほど冷静さを失っていた。

「いまからでも行って、取り戻してこなければ……」

男はカーンの動揺を見て、面白がるように笑った。

「おれはどこの施設に預けてきたかを答える気はない」

「裏切ったな、わたしたちクローンを……」

「クローンにだって個性が生まれたっていいだろう」

最上が祐一のほうを向いた。その顔には困惑が張り付いていた。

「困ったことになったね。赤ん坊がいないんじゃ、おびき寄せ作戦が成功しないもんね」

祐一は束の間どうしたものかと考えたが、やがて最上に向かって首を振った。

「いえ、困ったことにはなっていませんよ。赤ん坊が施設に預けられたという事実を知る者はここにいるだけです。その事実を公にしなければ、作戦は続行可能です」

最上と長谷部が、なるほどというようにうなずいた。三人の視線は自然とカーンに向けられた。

祐一は厳しい口調で言った。

「カーンさん、あなたには三浦歩美さん誘拐の教唆《きょうさ》容疑がかかっています。のちほどゆっくり話をうかがいましょうか」

祐一の指示に従って、長谷部がカーンにも手錠をかけた。


「そんなこと、できるわけないだろう!」

課長室にて、祐一からその計画を聞かされるや、島崎は烈火のごとく怒り出した。あまりにも激しくコーヒーカップを置いたので、テーブルにコーヒーが飛び散ったほどだ。

島崎は目を見開き、祐一をにらみつけた。

「三浦歩美が無事出産して、都内の病院に入院しているという情報を流せだと? 先の記者会見で三浦歩美の処女懐胎の話は狂言だったとスピーチしたばかりなんだぞ!」

憤激している島崎とは裏腹に、祐一はいたって涼しい顔をしていた。

「あの茶番はまずかったですね。一つも真実が含まれていませんでしたから」

責められていると思ったのか、島崎は憮然《ぶぜん》とした表情になった。

「仕方がないじゃないか。政府と警察の上層部が決定したことだ。すべての情報を隠蔽しろとのお達しだったんだからな。お達しには逆らえん」

祐一は強い口調になって訴えるように続けた。

「菅野涼香を捕まえられる最後のチャンスです。もしも、早急に捕まえることができなければ、第三、第四の処女懐胎者が出てきてしまいます。ひょっとしたら、もっと大勢いるのかもしれない。それを知っているのが菅野涼香なんです」

「そんなことはわかっている」

島崎は腕組みをして、うなり声を上げた。最善の策は何かと必死になって考えているのだ。

「三浦歩美が処女懐胎をした事実には触れなくていいんです。ただ三浦歩美にはちゃんとボーイフレンドがいて、彼氏との間にできた子供だということにすればいいんです」

島崎はしばらく考え込んでいたが、やがて絞り出すような声で言った。

「……わかった。上に掛け合ってみよう」

祐一はほっと息を吐き出した。

10

埼玉県大宮《おおみや》市にあるウィークリーマンションのがらんとした一室で、菅野涼香はずっとある一報を待ちわびていた。拡張型心筋症により余命宣告された処女懐胎者のうちの誰かが自らと同じ遺伝子を持ったクローンの子を出産したという報道が流れることを。

涼香は昨年の暮れにライデン製薬の研究所を辞めたあと、しばらくは千葉の実家に身を寄せていたが、自らが選んだ最初の処女懐胎者が臨月に入る先月からウィークリーマンションを借りて身を隠していた。万が一、処女懐胎ウイルスの作製者であることが判明して、身柄を拘束されたときに家族に迷惑をかけないためだ。処女懐胎者の様子を見るために病院を訪れた際に、いつ怪しまれて拘束されないとも限らない。

第一号の処女懐胎者がマスコミに報じられて以来、毎日朝から晩までテレビとネットのニュースに注目するだけの日々を送ってきた。洋服は小さなキャリーバッグに入るだけの着替えで済ませ、食事は一日に一度近所のスーパーにお弁当を買いに行くだけだった。そんな単調な日々にも耐えられたのは、胸に希望の灯があったからだ。

最初の処女懐胎者の子供が産み落とされる日が来ること。

その日の朝、テレビのニュースで待っていた一報を知ったとき、涼香は快哉《かいさい》を叫んだ。

真面目くさった表情の男性アナウンサーがこう報じた。

「青森の戸来で処女懐胎したとして騒がれていた少女が、この度無事女の子の赤ん坊を出産したとの一報が入りました」

涼香は各テレビ局とネットのニュースを渉猟《しょうりょう》して、少女のパートナーの存在に誰も触れていないことを確認した。それも仕方がない。処女懐胎なのだからいるはずもないのだ。

産み落とされたのは母親と同じクローン。遺伝子の視点で見れば、三浦歩美は次の世代も生き延びる命の時間を手に入れたに等しい。

永遠の命を手に入れたようなものだ。

椅子から立ち上がり、小さな部屋の中を歩き回った。気が急《せ》いていた。

念願の一報を聞いて、居ても立ってもいられなくなっていた。

一つ確かめなければならないことがあった。産み落とされた子供にも処女懐胎を引き起こす遺伝子が引き継がれているだろうか。

それがあってこそ、人類が進化した証明になるのだ。たった一代だけで消滅してしまうような特質では、それは進化とは言わない。

涼香はテレビの向こう側でリポートしている男性アナウンサーを見た。背後に建つ大きな病院の門には、帝都大学病院と銘打ってある。

イエス・キリストが青森に逃げおおせたという伝説があるのは知っていた。青森の戸来に住む少女を選んだのは偶然だった。その少女がいつの間にか地元の新興宗教団体に囲われて、もてはやされ、それがどういう経路か、東京の帝都大学病院で出産することになろうとは……。涼香には少女がたどってきた道筋の意味がわからなかった。

ただ、生まれてきた子供からDNAを採取して、研究さえさせてくれればそれでいい。

涼香は全身の映る姿見の前に立ち、髪にブラッシングをして、簡単に身づくろいをして、少しはましに見えるように努めた。

いまから三浦歩美の入院先の病室へ行って、子供のDNAを採取してこなければならない。できれば、子供をほしいところだが、そこまではできないだろう。

この作業には危険が伴うこともわかっている。真相を究明するためには、危険を冒す覚悟が必要だった。

どのぐらい警備は厳重だろうか。警察の警護に詳しくないため想像すらできないが、涼香は厳重な警護をかいくぐり、三浦歩美の子供の検体を手に入れるつもりでいた。

三浦歩美がいつまで入院しているかはわからない。早ければ四、五日で退院してしまうかもしれない。行動を起こすならば、早くしなければいけない。病院をマスコミが張っているかもしれないが、病室にまで入ってくることはないだろうと考えた。

菅野涼香は何食わぬ顔で帝都大学病院のロビーから患者の態《てい》で入り込むと、一階奥のトイレの個室に入って、トートバッグに隠し持っていた白衣を服の上から羽織った。胸のネームプレートには、適当な名前を書いてクリップで留めた。帝都大学病院は大きな病院である。これで医師のふりをして院内を歩き回っても、誰も涼香が本病院の医師を偽装しているとは思わないだろう。

廊下を歩いていると、正面から年配の女性看護師が向かってきた。涼香は軽い感じで彼女を呼び止めた。

「あの、例の女の子って、どの部屋にいましたっけ？　さっき、光の門の方々に面会できないかって聞かれたんですが」

声をかけられた看護師は怪訝な顔をして、涼香をじろじろと見やった。

「光の門？」

「三浦歩美さんを奉っている宗教団体です」

「ああ、そう。三浦さんは三階の三〇一号室ですけど」

それだけ言うと、興味を失くしたように女性看護師は背を向けて行ってしまった。

涼香はエレベーターで三階に上がり、三〇一号室に向かった。ここまでは上手く行っている。もう少しで自分が人生をかけた研究の集大成が手に入ろうとしている。心臓が高鳴っていた。

意外だったのは、部屋の前に警護者の姿がなかったことだ。他の部屋と同様に換気のために、入り口のドアが開けられていた。

涼香は開かれたドアからそっと部屋を覗き込んだ。スーツを着た男二人と中学生ぐらいの少女がおり、少女のほうとばっちりと目が合った。

少女が手を上げて振ったのと同時に、涼香は顔を引っ込めた。

先ほどの看護師は間違った部屋の番号を教えたらしい。どうしたものかと考える間もなく、後ろから声がかかった。

「菅野涼香さんですね？」

スーツを着た生真面目そうな男が目の前に立っていた。

「警察の者ですが、ちょっと話を聞かせてくれませんか？」

男の有無を言わさぬ視線に射すくめられた。逃げる間はなく、涼香は観念してうなずいた。


祐一は目の前の三十絡みの女を見下ろした。肩まで伸びた髪はずいぶん長い間、プロの手入れがされてこなかったのかもしれない。化粧っ気はまったくない。服装にも気を配らないのか、白衣の下のシャツとパンツはずいぶんと地味な印象を受けた。

「警察庁の者です。あなたは菅野涼香ですね？」

祐一が尋ねると、女は観念したようにうなずいた。

「はい」

「あなたを生物兵器禁止法違反の容疑で逮捕します」

長谷部が涼香の手首をつかみ、後ろ手に手錠をかけた。

涼香はなされるがまま、まったく抵抗しなかった。

抵抗しても無駄であることもわかっているだろうし、彼女としてはもう自分がなすべきことは最後の一つを除いてすべてやり終えたあとなのだ。

涼香が訴えるように言った。

「赤ん坊のＤＮＡを調べてくれませんか？」

赤ん坊にもまた処女懐胎を引き起こす遺伝子が継承されているかどうかを知りたがっていることはわかっていた。当然、警察はそれを調べるだろうが、祐一はいまは答えなかった。

最上が祐一を押しのけて、涼香の前にやってきた。これからは最上と涼香のための時間が必要だった。

「わたしたちね、罠を仕掛けてあなたのことを待っていたの」

最上は興奮気味にそう切り出した。

涼香は驚いた顔をした。

「罠……。三浦歩美はまだ出産していなかったんですか？」

「ううん、出産はしたんだけど、赤ちゃんはここにいないの」

「そうですか……」

どうも涼香は目の前に現れた最上博士が誰かわからないようだったので、祐一は最上を紹介することにした。

「こちらは最上友紀子博士です。ご存じではないですか？」

涼香の目が大きく見開かれた。

「も、最上博士……」

自分が敬愛する最上博士がこんな中学生のような身なりをしているとは夢にも思わなかったのだろう。涼香は言葉を失ってしまった。

最上は、にこりとした。

「わたしのことは知ってるよね？　わたしのウイルス進化論の論文とか読んだんでしょう？　そうでしょう？　それであなたもウイルス進化論に関する論文を書いたんだよね。そうでしょう？」

涼香はおずおずとうなずいた。

「は、はい……」

「その論文を『ネイチャー』に送ったけど、審査委員によってリジェクトされてしまった。あなたは憤慨したんだよね。そうでしょう？　それで、あなたは自分の説の正しさを証明するために、処女懐胎を引き起こすウイルスを作製したんだよね。そうでしょう？」

「は、はい……」

最上はそこでちょっと不快な表情を見せた。

「生物の進化がウイルスによって引き起こされるのはそうだと思うけれど、進化は無目的に起こるものであって、人間が人為的に目的をもってある進化を生み出そうとするのは違うんじゃないかな。神様じゃない人間にそんな権利なんてないんじゃないかな？」

「そうかもしれませんね」

涼香は先生に怒られた生徒のように、しゅんとなってうつむいた。

「あなたは取り返しのつかないことをしてしまった。人生をかけて反省してください」

最上はめずらしく怒っていた。自分の研究の成果を誤った使い方をした科学の徒への怒りだった。

11

菅野涼香の事情聴取により判明したことには、涼香がマリア・ウイルスを感染させた患者は十人だったということだ。十人とも拡張型心筋症の患者であり、確認してみたところ、うち三人は妊娠が発覚する前に死亡し、五人が流産していた。望月実来も死亡したので、三浦歩美だけが生存者ということになる。

島崎課長はそれを聞いてほっとしていた。三浦歩美はクローンの子供を産んだが、その真実は永久に封印される予定だ。

カール・カーンに似た男、小宮裕司が施設に預けたという赤ん坊はいまだ見つかっていなかった。祐一はそのほうがいいかもしれないと考えていた。赤ん坊が見つかれば、政府の監視下に置かれ、実験対象になる恐れもある。生まれてきた赤ん坊に罪はないはずだ。いかなる遺伝子を受け継いでいたとしても。

政府および警察の上層部たちは、島崎および祐一の働きに大変満足しているといい、菅野涼香が捕まったことで、今回の処女懐胎事案の騒ぎはじきに終息するだろうとの見方を示しているらしい。

だが祐一の中では、この事案はまだ終わってはいなかった。

処女懐胎事案は思わぬ展開を見せた。榊原茂吉に行き着いたのだ。古都大学霊長類センターでのニホンザルの大量死に使われた未知のウイルスに榊原が興味を示していた。それ以来、榊原の消息がつかめなくなった。

榊原はどこで何をしているのか？　単為生殖を促すウイルスを発展させて、不老不死の研究を続けているのか？

警視庁にある取調室で、祐一は小さな机を挟んで菅野涼香と向かい合って座っていた。長谷部がすでに一度目の事情聴取を行ったあとだ。涼香は両手に手錠をかけられ、腰縄をつけられていた。隣室ではマジックミラー越しに長谷部と最上がこちらをうかがっているだろう。

祐一はあらためて涼香を見つめた。元から華奢《きゃしゃ》だった身体はさらにしぼんだように感じられた。机の上に落とされた視線からは力が抜け落ちていた。

「あなたがウイルステロを行った動機について話してください」

祐一がそう尋ねると、しばらくしてから、涼香は静かな声で答えた。

「ウイルスによって人類を進化させたかったからです」

意外にもその声には力があった。涼香は自分の行いを後悔していないのかもしれない、と祐一は感じた。

「なぜ処女懐胎を進化の証として選んだんですか？」

「わたしがライデン製薬の研究所に勤めていたことは知っていますね？　社長の寺門の指示で、わたしは不老不死の研究を行っていました。不老不死と生殖には密接な関係がありまます。単為生殖を行う生物は分裂や出芽を行い、基本的に死ぬということがありません。遺伝的にも自分と同じクローンを生み出していきます。永遠に自分自身がなくなることはないんです。ゲノムという点では永遠に生き続けられるんです。わたしはその事実に魅了されました。永遠に生きることは古来よりの人類の願いです。肉体はやがて老いてなくなってしまいますが、ゲノムというレベルで考えれば、永遠に生き続けることが可能なんです」

そこで涼香は言葉を切った。少し間を挟んだあと、こう言った。

「わたしもまた他の誰かとゲノムをシャッフルした子供ではなく、自分自身の子供が欲しいと思いました」

祐一は驚いて聞き返した。

「では、あなたもまた懐胎しているんですか?」

涼香は悲しげに首を振った。

「残念ながら、わたしは妊娠できない身体です。ですから、最初に出芽という方法を考えました」

涼香は自分以外の人間にまったく興味を持てずに生きてきたのかもしれない。祐一はそんな彼女のことを憐れに思った。

祐一は質問を続けた。

「古都大学名誉教授の榊原茂吉を知っていますね?」

涼香はその名前が出てきたことを疑問に思ったようだった。

「はい。そのことが何か?」

「あなたは古都大学霊長類センターのニホンザルでウイルスの実験を行いましたね。その際、古都大学の調査委員会の関係で榊原茂吉があなたのウイルスに興味を持ち、調査委員会から調査を引き継いで研究しています」

涼香は驚きのこもった目で祐一を見つめ返した。

「榊原茂吉はウイルスの作製者があなたであると知らなかったでしょうが、何の因果かあなたが大学院時代に書いたウイルス進化論の論文の審査員でもありました」

「ええ、それは知っています。榊原先生がわたしの論文を審査で弾いたのは。そうですか、わたしのウイルスに興味を持って……。光栄に思います。でも、どうして……？」

「いまあなたが言ったとおりのことです。榊原は永遠に生きることを望んでいます。そのためには自分とまったく同じゲノムを持ったクローンを作製しなければならない。そのクローンに自分の意識と記憶を受け継がせれば、自分という存在が消えることはないというわけです」

涼香は目をしばたたいた。

「意識と記憶を受け継がせる……。そんなことが可能なんですか？」

「榊原は可能だと考えているようです」

涼香は感嘆したようにかぶりを振った。

「さすが榊原先生は天才と呼ばれているだけのことはありますね」

「あなたも大したものですよ。ですが、社会を混乱に陥れた罪は償ってもらいます。そして、十人の少女たちに同意を得ず、処女懐胎させたことも」

涼香は黙ったまま何も言わなかった。ひょっとしたら自分が罪を犯したという自覚がないのかもしれない。彼女はただ自分の信条に従って科学的な実験を行ったにすぎないのだ。

12

「ご苦労、ご苦労！」

課長室に入ると、島崎は上機嫌の様子で、ソファに座るよう促し、デスクを回ってやってきて、いそいそと二人分のコーヒーを淹れ始めた。

祐一は島崎の対面の席に腰を下ろした。

「ブラックアイボリー、飲むだろう。コヒ、聞け。首相が喜んでいたぞ。警察庁長官もだ。よくやってくれたと語っていたそうだ。おれもおまえも将来は出世間違いなし。安泰だな」

島崎は笑い声を上げたが、祐一が黙ったままでいると、真顔に戻って話を続けた。

「ところで、一点だけ気がかりなことがある。三浦歩美が産んだクローンの赤ん坊のことだ。三浦歩美を拉致した小宮裕司は青森から上京する際に、途中であった施設に預けたと言っていた。至急裏を取るべく調べさせたところ、栃木県にある病院で一度赤ん坊を預けた男が十分後に戻ってきて、考え直して、赤ん坊を連れて帰ると申し出たので、引き渡したんだそうだ。この事案をどう思う？」

「小宮裕司が戻ってきたんではないことは確かでしょうね」

島崎は渋い顔でうなずいた。

「小宮によれば、青森からの道中で、何度か自分たちの車を尾《つ》けている黒のベンツに気づいたということだ」

「ＣＩＡかもしれません」

「おそらくな」

祐一は天井を仰いだ。いつぞや自分に警告をしてきたアジア系と白人の二人組の顔を思い出した。

「赤ん坊はどうなるんでしょうかね」

島崎はコーヒーを一口飲んでから肩をすくめた。

「さあな。殺されるなんてことはないと思うが。案外、児童養護施設で無難に育てられるのかもしれないぞ。誰にも背景を知られずにな」

「そうであればいいのですが……」

「まあ、あとのことはわれわれの守備範囲を超えることだ。なるようになるだろう」

島崎は話を終えたようにコーヒーを飲み干し、立ち上がろうとした。

「話はまだ終わっていません」

祐一は座ったまま続けたので、島崎は怪訝な顔つきをして座り直した。

「菅野涼香の作製したウイルスを榊原茂吉が研究していることが明らかになりました。榊原茂吉は昨年暮れから行方を消しています。動向が気がかりです」

「その話か……」

島崎は嘆息した。

「確かに榊原茂吉には、いくつかの容疑がかけられてはいるな」

五年前、榊原茂吉は息子の吉郎《よしろう》に最上博士の研究所から研究データを盗ませた疑いがかかっている。その際、最上博士の右腕である速水真緒准教授が殺害され、吉郎はその旨を自白している。榊原茂吉が裏で糸を引いていた可能性があるのだ。その他にも、榊原茂吉にはＳＣＩＳが絡んだ事案で沢田克也を使った殺人教唆の容疑がかかっている。

クローンたちとは記憶共有が行われ、クローンが勝手に判断を下し動いたとしても、いや、だからこそオリジナルの榊原茂吉の罪は重いと祐一は考えていた。

「最上博士のためにも、榊原茂吉にはちゃんと罪を償ってもらいたいと思っています」

島崎はがりがりと頭を掻いた。

「おまえの言うとおりだが、肝心な居場所がわからないんじゃあな」

「いえ、わたしに心当たりがあります」

祐一が確信を持った声でそう言うと、島崎は驚いた様子で見つめ返した。

13

会議室には長谷部と最上、そして、玉置、森生、優奈、ＳＣＩＳの面々がそろっていた。彼らの顔には処女懐胎事案を解決したという達成感が浮かんでいた。

祐一は彼らの顔を見回した。本事案がこれで解決したわけではないことを告げることを心苦しく思いながら。

「われわれの因縁の相手である榊原茂吉が本事案にかかわっていることが明らかになり

ました。榊原茂吉には殺人教唆の疑惑がかけられています。何としても逮捕起訴に持ち込まなければなりません」

最上が、うんうんとうなずいた。

「まったくもって、そのとおりだね。真緒の仇《かたき》を取ってあげなくっちゃね」

長谷部は肩を落としていた。

「処女懐胎事案の解決を祝う時間もなしか……。榊原茂吉は秘書でさえ居場所がわからないって言っていたぜ」

祐一はうなずいた。

「榊原は昨年の六月に古都大学霊長類センターで起きた大量死で使われた出芽ウイルスに興味を持ち、未知のウイルスの存在が外部に漏れないよう、調査委員会に口止めをしました。その後は、ウイルスの研究をしているものと思われます。あの危険度の高いウイルスを榊原はどこで研究しているんでしょうかね？」

長谷部は祐一が導こうとしている答えに思い至ったようだった。

「なるほど、ＢＳＬ３以上の研究所でなければダメだってわけか。いや、だがしかしだぞ。この日本だけでもＢＳＬ３以上の研究室は二十ぐらいあるということだったし、榊原が日本の研究所で研究をしているという確証だってないじゃないか」

最上も長谷部に同意する。

「そうだね。榊原博士は世界中に友達がいるから、どこの研究所で研究しているかはわからないよね」

「そうでしょうか。わたしには一カ所、心当たりがあります。菅野涼香は昨年の暮れにライデン製薬の研究所を辞めさせられました。その時期と重なるように榊原茂吉が行方をくらましたことは単なる偶然でしょうかね」

長谷部が驚いたように目を見開いた。

「榊原茂吉は、ライデン製薬で研究を継続しているということか？」

「わたしの推測が正しければ、そういうことです」

「まさに灯台下暗しだな！　いや、だが待てよ。そうだとすると、榊原はニホンザルを殺したウイルスの作製者がライデン製薬に勤務している菅野涼香だと知っていたということにならないか？」

「知っていたんでしょう」

「どうやって知ったんだ？」

「寺門隆介から知らされてですよ。寺門隆介は古都大学霊長類センターのニホンザルが大量死した件も、処女懐胎者が出た件も、菅野涼香の仕業だと最初《はな》からわかっていたんでしょう。だから、危険人物として菅野を排除した。そして、自分の不老不死の研究のために、より天才的な榊原茂吉を引き入れたというわけです。何しろ榊原はライデン製薬の相談役ですからね。寺門は言っていました。自分は天才を二人知っていると。そのうちの一人が菅野涼香だったと」

長谷部も思い出したようだった。

「なるほど、もう一人は榊原茂吉ってわけか。……それじゃ、榊原はずっとライデン製薬の研究所に潜伏していたってことか……？」

祐一は椅子から立ち上がった。

「ライデン製薬の研究室を見せてもらわなければなりませんね。ＢＳＬ４の研究室を」

14

市川拓也はその電話を受けて驚いた。八カ月もの間連絡が取れず、行方知れずになっていた榊原茂吉からだったのだ。

緊張で手に汗を掻きながら応じた。

「榊原先生、いまどちらに……」

荒く喘鳴《ぜんめい》する声が聞こえた。

「至急、優秀な外科手術のチームを用意してくれ」

「お、お身体は大丈夫ですか？」

「大丈夫でないから頼んでいる」

「はい。あの、いまどちらに？」

「おまえがいまいる研究所だ」

通話が切れると、市川はしばしの間茫然《ぼうぜん》とした。八カ月ぶりに連絡があったかと思ったら、息も絶え絶えの声で、緊急に外科手術チームが必要だという。さらに驚いたことに、榊原茂吉はライデン製薬の研究所にいるという。なぜそのことを黙ったままでいたのか、市川にはさっぱりわからなかった。

榊原の様子からして、一刻の猶予《ゆうよ》も許されないようだ。市川はわれに返った。外科手術チームを手配すべくスマホを手にしたところに、無遠慮なノックがしたかと思うや、見知った顔の者たちが入ってきた。

警察庁の小比類巻祐一、警視庁の長谷部勉、天才科学者の最上友紀子の三人だ。

市川は何事が起きたのかと、スマホをデスクの上に置いた。

小比類巻が口を開いた。

「榊原博士に会いに来ました」

市川は気が動転《どうてん》していた。小比類巻たちが榊原の行方を追っているのは知っている。いましがたその居場所がわかったばかりだ。その情報を目の前にいる者たちに教えてもいいものだろうか。

自分は榊原茂吉に雇われている。まずは榊原の命令に従うのが筋だろう。

「前にも申し上げましたが、榊原博士とは昨年の暮れから連絡が取れずにいます。どこにいらっしゃるのかさっぱり――」

「いえ、どこにいるのかはわかっています」

小比類巻の言葉に、市川は驚かされた。

「こちら、ライデン製薬の研究所です。いろいろ推理してみた結果、行き着いた答えです。これから榊原博士に会いに行くつもりですが、秘書であるあなたにもご同行願いたいと思います」

そこまで知られているのならば、もう隠し事をしていても仕方ない。

市川は素直に言った。

「実は、榊原博士からいましがた電話がありました。おっしゃるとおり、ライデン製薬の研究所にいらっしゃるとのことですが、体調が芳《かんば》しくないのか、外科手術チームを派遣するように命じられました」

最上が小比類巻のほうを向いて言った。

「ちょっとヤバいことになっているのかもね。急いだほうがよさそうかも」

最上には榊原の状況が見えているのかもしれない。

長谷部が意気込んで言った。

「ついに榊原茂吉と対決するときが来たな」

「ええ、そうですね」

小比類巻が力強くうなずいた。

15

ライデン製薬のエントランスにあるロビーで、祐一は寺門隆介と対峙した。最初に会ったときよりも、寺門の面貌《かお》は険しかった。小比類巻祐一はライデン製薬の捜索令状を手にしており、数十人の捜査員らを引き連れているのだから当然だろう。念のため優秀な外科医と看護師も用意していた。

祐一は長谷部と最上を連れて他の捜査員たちから離れ、寺門と向かい合った。

「寺門さん、処女懐胎を引き起こすウイルスの作製はこちらの研究所で行われたようですので捜査させていただきます。研究者の方々は捜査員の要望に速やかに応じるよう言いつけてください」

寺門は憮然とした表情で言った。

「いいでしょう」

「もう一つ。肝心なことですが、こちらにはＢＳＬ４の施設がありますね？　そちらもぜひ拝見したい。そこでいま研究されている方にも」

寺門は一瞬固まっていたが、やがてあきらめたように言った。

「……わかりました」

エレベーターで二階に上がり、廊下を突き進むと、大きな研究室に出た。その部屋は外に面した大窓から広く光が採り入れられており、数十人ほどの研究員たちが黙々と各自の作業に取り組んでいた。社長の寺門と捜査員たちを見て、何事かと手を止める者もいた。

祐一は周囲を見回した。ここは危険物を扱わない一般的な研究室のようだ。

寺門は大部屋の中心を進み、突き当たりにある部屋に向かった。

小さな前室があり、そこで白ずくめの化学防護服に着替えると、シャワー室に入り、薬液を全身に浴びた。それでようやくＢＳＬ４の実験室への入室が許されるのだ。

寺門のあとに続いて、祐一たち三人はＢＳＬ４の部屋に足を踏み入れた。実験室は動物飼育箱や安全キャビネットなどが配置された、かなり大きな部屋だったが、その部屋の中央に四方がガラス張りの個室が置かれてあり、中に下着姿になった男がいた。男はソファに腰を掛け、うなだれていた。男の白い肌はたるんでいて、経年による老化がうかがえた。また、白髪がところどころ抜け落ちて禿《はげ》になっていた。

男は入室者に気づいたようで、ゆっくりと顔を上げた。

祐一は目を瞠《みは》った。驚きのあまり一歩後ずさったほどだ。

男は榊原茂吉だった。苦悶《くもん》の表情を浮かべており、明らかに様子がおかしい。

それまで影になっていた腹部に光が当たり、隠されていたものが見えるようになった。

祐一は息を呑んだ。隣の長谷部は短い悲鳴を上げた。

榊原の腹部から赤ん坊ほどの頭と肩、腕が生えていたのだ。

赤ん坊の頭が天を仰ぎ、苦しげな泣き声を上げた。それは普通の赤ん坊よりも、知性と悲劇性を感じさせる泣き方だった。

本体である榊原茂吉がぜいぜいと荒い息を吐きながら言った。

「人間の出芽がこんなにも体力を消耗し、自我崩壊をもたらすものだったとは……」

最上でさえ、この異様な光景を目の当たりにして、驚愕と恐怖のために何も言えなかった。

何もわからないまま、目の前の状況に混乱している市川が言った。

「榊原先生、これはいったいどのような研究なのでしょうか？」

榊原は苦しそうにしながらも説明を始めた。

「これは出芽と言ってな。ヒドラやイソギンチャクが増殖する方法を自分の身体で実験してみたのだ。身体から生えてくる子供はもちろん、わたしの百パーセントクローンになる。そして、ここが重要なことなんだが、記憶共有をするまでもなく、わたしのクローンはわたしの意識と記憶を受け継いでいるのだ」

「は、はあ……」

市川はまったく話についていけないようだった。

榊原は饒舌《じょうぜつ》になって説明を続けた。

「扁形《へんけい》動物門ウズムシ綱ウズムシ目に属するプラナリアの研究でわかったことだが、プラナリアにライトを点滅させたのちに電気ショックを与える訓練をしてから、そのプラナリアの頭部を切断する。頭部だけになったプラナリアは尾を再生させてからもライトが点滅すると電気ショックを受けることを記憶していた。しかしだ。驚くべきことに、頭部がなく尾っぽのほうから再生した個体のほうも、同様の記憶を持っていたのだ。つまり、プラナリアの脳は記憶をする器官ではなかったということだ。わたしは他の動物たち、人間の脳みそも記憶を保存する器官ではないと考えている」

市川がおずおずと尋ねた。

「では、脳とはどのような器官なんですか？」

「脳とは集合的無意識や記憶にアクセスできる受信機のようなものなのかもしれない。だから、クローンのようにまったく脳の配置地図が同じ場合、同じ記憶と意識の源にアクセスすることができるというわけだ」

最上がぼそりと言った。

「それってわたしの研究だったんだけどなぁ」

榊原の腹部から生えている赤子がうめき声を上げた。

「うわあああああん……」

出芽した赤子は服を脱ぎ捨てようとするように、身体をよじりながら榊原の腹部から抜け出そうとしていた。赤子と榊原の身体の隙間から血の混じった赤い粘液が滴《したた》り落ちた。

「痛い、痛い……。そんなに暴れるな！」

榊原の目は血走って赤く、口と鼻からよだれを垂れ流していた。呼吸も荒かった。命の危険が迫っていた。

榊原茂吉としての寿命が潰《つい》えようとしていた。

祐一は急がねばならないと思った。

「榊原博士、あなたにはご子息の吉郎による速水真緒准教授殺害に関する殺人の教唆、その他もろもろの殺人事件への関与について容疑がかかっています。あなたはこれまでに犯した罪を認めますか？　最上友紀子博士の研究成果を盗み出すために、吉郎を送り込み、速水真緒准教授を殺害させたことを認めますか？」

長谷部が怒気《どき》をはらんだ声で聞いた。

「死ぬ前に正直になったらどうだ」

「死ぬ前に……？」

榊原は面白いジョークを聞いたように笑い声を上げた。

「はははははっ」

笑い声は大きくなり、やがて泣き笑いへと変わっていった。

榊原は顔を歪め、笑いながら、泣きながら、苦悶の表情を浮かべていた。

「これからわたしは永遠の命を得ようというのにか……」

腹部から突き出た赤ん坊の頭が、また泣き声を上げた。

「うわあああん」

赤子が榊原の身体から抜け出そうとするように、その小さな身体を無理に動かした。

「わたしは死なない。永遠に生きるんだ……」

榊原はソファの上で身体を仰《の》け反《ぞ》らせると断末魔の声を上げた。やがてそのまま動かなくなり、榊原の顔から生気が抜けていった。

赤子はなおも身体をくねくねと動かし、粘液をまき散らしながらようやくすぽんと榊原の腹部から抜け落ちた。

二千グラムほどの小さな赤子だった。顔は赤くしわくちゃで、目もまだ開いてはいなかった。

赤子は叫ぶように泣いていた。

「うわあああん。うわあああん」

市川が榊原に駆け寄り、その身体に手を添えた。

「せ、先生、実験は成功しましたよ。あなたはついに永遠の命を手に入れたんです」

「実験は成功？」

長谷部が虫唾《むしず》が走るというように顔を歪めた。

「じゃあ、この赤子が榊原茂吉だっていうのかよ？」

祐一もまた、目前の赤子を榊原茂吉として同一視していいのかわからなかった。

いくつかの罪に問うべき榊原茂吉だった男は先ほど死んだ。いま目の前にいる赤子は榊原から枝分かれして出芽した新しい命ではないのだろうか？　それとも、市川が言うように、新しい身体をまとった榊原なのだろうか。

最上は悲しげな表情で榊原茂吉の遺体を見やったあと、同じ悲しげな表情のまま赤子を見つめた。

16

課長室で島崎は険しい表情を浮かべながら、応接セットのソファに座っていた。このときばかりは大好きなコーヒーも淹れていなかった。

「榊原茂吉は死んだ。関与したと思われる事案について、これ以上の捜査を禁ずる」

そうなるだろうと予想していたことだ。祐一としても複雑な心境だった。榊原茂吉は間違いなく死んだのだから。

許しがたいこととしては、榊原茂吉は科学界の泰斗《たいと》として死去した。マスコミはそう報じた。次期ノーベル賞候補者のまま。決して複数の殺人事件に関与した被疑者という汚名を着せられることはなかった。

島崎は祐一から視線を外し、肩をすくめた。

「仕方がないだろう。榊原茂吉が直接殺人を指示したという証拠は何もない。榊原のクローンたちが榊原の代わりに自分の意志で動いたとも、おまえは言っていたじゃないか。クローンたちは榊原自身でもあるのだと。であれば、榊原を殺人の教唆で罪に問うことはできない」

島崎の言うとおりだろうが、どうにも煮え切らない終わり方だった。

「分身のほうはどうなるんですか？」

榊原茂吉は死んだが、本人によれば、出芽した分身は榊原茂吉の意識と記憶を持ち合わせているという。

島崎は険しい顔つきのまま首を振った。

「わからん。まさか出芽の事実を公表できるわけもない。政府はその存在を隠し続けるだろうな」

分身がどこでどのような扱いを受けるのか、祐一は尋ねたりしなかった。

あんなものはこの世に存在するべきではないと思う気持ちと、生まれ落ちた命には罪はないのだと思う気持ちとが心の中でせめぎ合っていた。

生まれ落ちた命に罪はない?

あの命は他の命のように真っ白ではない。初めから榊原茂吉の意識と記憶を持っているはずだ。

妻の亜美のようなクローンとは別の生き物だ。祐一はそう思いたかった。


警視庁にある取調室で、祐一とカーンは向かい合って座っていた。

カーンは初めて会ったときと同じように泰然自若《たいぜんじじゃく》としており、威厳と優雅さを感じさせた。容疑者としてではけっしてなく、一人の対等な人間として祐一と対峙すると決意しているかのように見えた。

祐一は初めてこの男と会ったときのことを思い出していた。東京の西端にある自然に囲まれた滝つぼで会ったときのことを。そのカリスマ的なオーラに畏怖《いふ》を感じたものだ。まさか警視庁の取調室で相まみえることになろうとは思いもしなかった。

「まず事実関係を整理するべく再確認させてください。あなたは榊原茂吉のクローンですね」

カーンは微笑んでうなずいた。

「ええ、あなたのおっしゃるとおり、わたしは榊原茂吉のクローンです。他にもわたしと同じ榊原のクローンは存在しています」

「その目的は榊原茂吉が永遠に生きるためですね？」

「記憶共有です。脳の配線地図が似ている者同士を電気的につないで、意識と記憶を共有するというものです。元は最上博士が研究していたものだと聞いています」

「そのようです。最上友紀子博士の同僚、速水真緒准教授が殺害された事案がありました。その際に、最上博士たちの研究データが盗まれたようです。実行犯は榊原茂吉の長男の吉郎。誰が吉郎に研究データを盗むよう指示したのかはわかっていません。あなたは知っていますか？」

カーンは小首をかしげた。

「榊原茂吉かもしれないし、そうではないかもしれない。吉郎が父親の歓心を買うために行ったとも考えられるのではないですか？」

「どれもありうるでしょう。が、吉郎はおそらく口封じのために、放射性物質入りのネックレスを渡されて殺害されました。犯人は沢田克也ではないですか？」

「そうかもしれませんが、沢田は留置場で自害したと聞いています。もうそれを確かめることはできない」

「ええ、すべてあなた方にとって都合のよい展開になっています」

カーンは肩をすくめた。

「どのように解釈していただいてもけっこうですよ」

祐一は息をついた。これまでの質問は確認のために行ったものだ。だいたい想像のとおりである。島崎はすべての捜査の続行を禁じた。沢田克也が死に、榊原茂吉が死んだいまとなっては、確認するには遅すぎた。

祐一には、個人的にもっと知りたいことがあった。

亜美に関することだ。

「わたしの妻、旧姓四宮亜美もまたクローンでした。わたしが偶然に知り合った黛《まゆずみ》美羽《みわ》、美羽からつながった須藤朱莉《すどうあかり》、二人とも亜美に瓜《うり》二つでしたが、美羽は交通事故に見せかけて殺害され、須藤朱莉も放射性物質入りのネックレスにより危うく命を落とすところでした。犯人は沢田克也でしょう」

カーンはうなずいたりはしなかった。黙ったまま話を聞いていた。カーンもまた祐一がもっとも聞きたがっている質問を待っているのだった。

「わたしが知りたいのはなぜ亜美が生まれたのか、ということです。カーンさん、あなた方が生まれた意味は明確だ。榊原茂吉の代替わりのための肉体です。しかし、亜美は違う。亜美は別の誰かのクローンのはずです。亜美はいったい誰のクローンで、何のために生まれたんですか？」

カーンは静かな目で祐一を見つめ返した。

「真実を知ることが必ずしも幸福につながるとは限りませんよ」

嫌な言い回しだ。祐一は心にちくりと針で刺されたような痛みを感じた。

「それでも、知りたいですか？」

祐一はすでに覚悟を決めていた。

「それでも、わたしは知りたいのです」

「わかりました」

カーンは小さなため息をつくと、重たげに口を開いた。

「四宮亜美さんは、榊原有美《ゆみ》さんのクローンです」

「さかきばらゆみ……？」

そう口にした途端、祐一は目の前の時空がぐにゃりと歪むのを感じた。

「さかきばらゆみとはいったい何者なんですか？」

カーンは表情のない顔で答えた。

「榊原有美は榊原茂吉の娘です。三歳のときに交通事故で死亡しました。記憶共有によって得た事実ですがね。榊原茂吉は娘の体細胞を培養して、全能性を復活させ、核を取り除いた未受精卵にそれを挿入し、細胞融合させました。クローン羊のドリーを作製したのと同じ方法です。その融合した細胞を代理母の子宮に移植するのです。そうして生まれたうちの一人が、あなたの妻の四宮亜美さんです。他にも代理母は複数いたそうで、クローンは亜美さん以外にもいます。茂吉はその中の一人の個体を選んでそのあと育てたようですよ。いま有美さんはアメリカのシアトルに在住しています。結婚して子供もいるそうです」

祐一は茫然としてしまった。ショックを受けたが、それは束の間だった。亜美と愛し合ったという事実は変わらない。亜美が榊原茂吉の娘のクローンだったからといって、その記憶が穢《けが》されるわけではない。

「最後に教えていただきたい」

もっとも重要なことを聞かなければならない。

「トランスブレインズ社で冷凍保存されている亜美は、いつの日か、解凍が成功し、再び会うことができるんですか？」

祈りを込めて、祐一はそう尋ねた。

それは榊原茂吉の祈りと同じものだ。愛する者が配偶者であれ、わが子であれ、自分自身であれ、死んでほしくない、ずっと生きていてほしい、永遠に生きたいと願う気持ちは誰もの心の中に巣食っている。

カーンは祐一の目を見据えたまま穏やかな口調で言った。

「科学はあなたが思っている以上にすさまじいスピードで発展しています。日々、地球上のどこかで新しい発見や発明がなされているのです。以前は、遺体の冷凍により細胞が傷つき、解凍しても、記憶や神経系統がダメになっているのではないかと考えられました。しかし、われわれが開発した変動磁場を使った過冷却冷凍法により、冷凍時における細胞の損傷を抑えることができます。また、ナノテクノロジーによるがんの治療法も確立されてきています」

「つまり……」

「ええ、亜美さんを生き返らせる方法はそろっているんです」

「ほ、本当ですか⁉」

祐一は声を詰まらせて尋ねた。

カーンはいつもの微苦笑を浮かべると言った。

「無事に蘇生されることを、わたしも祈っていますよ、小比類巻警視正。わたしならそれができます」

終章

その日、祐一は長谷部を連れて赤坂《あかさか》にあるサンジェルマン・ホテルに向かった。二階にあるラウンジに足を踏み入れると、止まり木に一人の少女が座っていた。いや、よく見ると少女ではなく、成人女性である。

最上友紀子博士だ。

最上は祐一たちに気づくとあわてて手招きした。

「ねえ、ちょっと聞いてよ、祐一君。このバーテンさんがこともあろうに、わたしのことを中学生に違いないなんて言うのよ。イカの眼をもってしても、わたしが十分に成熟したレディであることなんてわかるっていうのに……。あのね、イカの眼は人間の眼の構造に非常によく似たカメラ眼といってね、人間の視力でいうと〇・五ほどある上に、わたしたちには存在する盲点がないのよ。イカのほうが人間の眼よりもよっぽど進化的にすぐれていると言えるわ」

祐一は途中から話を聞き流し、困惑気味のバーテンに頭を下げた。

「すみませんが、こちらの方は成人しておられます」

祐一が警察庁の身分証明書を見せると、バーテンは恐縮して何度も謝罪した。

祐一は最上の右隣に、長谷部は左隣に、彼女を挟むようにそれぞれ腰を下ろした。最上はドライマティーニを、長谷部は生ビールを、祐一は黒のスタウトを注文した。

それぞれの飲み物が届くと、祐一はグラスを手に取って掲げた。

「今日は乾杯をしたい気分ですね」

そう切り出すと、長谷部がうんうんとうなずいた。

「ホントそうだな。最大の敵を倒したんだもんな。倒したって言ってもいいだろう？ 分身はどこかに隠蔽されたんだし」

最上もまた輝く笑顔を浮かべた。

「祐一君はちゃんと約束を守ってくれたもんね。いまごろ真緒も天国でほっとしていると思うんだ」

「おや、最上博士は天国というものを信じてるんですか？」

祐一の言葉に最上は肩をすくめた。

「言葉の綾《あや》ってやつよ」

祐一は二人を交互に見てからさらに続けた。

「実は、もう一ついい話があります。三浦歩美はアメリカで心臓移植手術を受けました。予後は良好とのことで、余命宣告は撤回されました」

「イエーイ！」

長谷部と最上が同時に歓喜の声を上げ、二人は両手でハイタッチをした。

祐一もまた応じようと手を上げたが、二人がハイタッチしてこなかったので、見られないうちにそっと手を下ろした。

祐一は小さく咳払いをして続けた。

「それから小宮裕司が施設に預けたという赤ん坊は、のちにＣＩＡが引き取っていたことがわかりました。三浦歩美と赤ん坊はアメリカの地で一緒に暮らしていけるのだそうです。ＣＩＡの監視下ではありますがね」

「イエーイ！」

長谷部と最上がまたハイタッチをした。今度は祐一はただ黙って見ていた。

祐一は持っていたグラスをさらに掲げた。

「というわけで、乾杯をしましょう」

長谷部が急にしゅんとしたようになった。

「でもさ、すべてよしっていうわけじゃないんじゃないか？」

「というと？」

「第二号の望月実来は母子ともに死んでしまった。原因もわかっていない。望月実来のご両親の気持ちを考えると、とても手放しで喜べないなと思ってさ」

「ハッセー、やさしいね」

最上は長谷部の肩を小さな手で撫でた。

祐一もまた残念な気持ちになってきた。

「確かにそうですね。万事よしというわけではありませんでした」

「まあ、でもおれたちは頑張ったよ。お疲れさん」

長谷部がグラスを掲げると、祐一と最上もまた「お疲れ様」と言って、それぞれグラスを口にした。

長谷部は半分ほどを一気に喉に流し込むと、荒い息を吐いてから祐一に顔を向けた。

暗いムードを一掃するような調子で言った。

「そういえば、カーンが釈放されたって？」

祐一は思わず長谷部から顔をそむけた。

「ええ。島崎さんからこれ以上、過去の事案の捜査をするなと言われましたし、カーンをこれ以上勾留することはできないと判断しました」

「そうか」

長谷部は少し納得がいかないような顔をしたが、それ以上聞いてこなかった。

最上が夢見るような口調になって言った。

「カーンさんとまた科学談義したいなぁ。クローンを使った記憶共有じゃなくって、テクノロジー的に寿命を延ばす方法を語り合いたい」

祐一はうらやましさのにじんだ声で言った。

「最上博士はいいですねぇ、悩みがなさそうで」

「そんな言い方をされると、まるで悩みがないことが悪いことみたいじゃないの」

「いえ、悩みがないことのほうがいいことですよ」

長谷部が生ビールを飲み干すと、バーテンにお代わりを頼み、ため息交じりに言った。

「宿敵の榊原茂吉を倒して、カーンがおとなしくなったら、ＳＣＩＳ案件がぐっと減りそうな気がするなぁ。コヒさん、おれたちはこれからもＳＣＩＳを続けていけるんだろうか？」

「島崎課長からはＳＣＩＳを畳むような指示は特に出ていません」

祐一は笑みを見せて続けた。

「科学はこれからもますます発展していくでしょう。物事のすべてに善と悪の両面が備わっているように、それに伴って凶悪な事案はこれからも起き続けると思われます。ＳＣＩＳ事案がなくなることはなく、ＳＣＩＳはこれからもその任務を果たしていかなくてはなりません」

長谷部が、ぱあっと明るい顔になった。

「よかったぁ。おれはもう普通の殺人事件じゃ満足できない身体になってたんだ」

「いまのは聞かなかったことにしておきます」

三人が笑い合うと、祐一のスマホが鳴った。

島崎からだった。今回島崎からの電話でよい話は一度もなかった。嫌な予感を感じながら、緊急の用事だろうかといぶかしみながら出てみると、差し迫ったような調子の声が言った。

「コヒ、ちょっと大変な事態が起きた。また、処女懐胎者が出たというんだ。いま事実関係を調査しているが、どうやら間違いないらしい。菅野涼香は本当にウイルスを感染させたのは十人だと言ったのか？」

「ええ、確かにそう言いました」

祐一がよほど驚いているのだろう、長谷部と最上もどうしたのかという顔を向けてきた。

「菅野涼香は嘘をついている可能性もあります。あらためて本人に確認してみます」

「ああ、そうしてくれ」

祐一は通話を切ると、二人に向かって口を開いた。

「十一人目の処女懐胎者が出たということです」

長谷部が目を白黒させた。

「ええっ!?　どうしてまた……。菅野涼香が嘘をついたのか。しかし、どうしてまたそんな嘘を……？」

「わかりません。本人の思い違いだったのかもしれませんし……」

祐一が最上のほうを見ると、考え込んでいる様子だった。

「どうかされたんですか？」

「え、うん。ちょっと思い出した話があってね」

そんなことを言って、最上は話し始めた。

「宮崎県の幸島《こうじま》に生息するサルが、ある日突然海で芋を洗って食べることを覚えたら、あっという間に仲間内にその習慣が広まったのね。そうしたら、遠く離れた大分県の高《たか》崎山《さきやま》のサルの群れでも同じ行動が見られるようになったの。もちろん、その習慣を誰かが教えたわけじゃないのにね」

祐一はその話を過去に聞いて知っていた。

「ライアル・ワトソンの百匹目のサルですね？」

「そう。ある行動や考えなどがある一定数の間まで広がると、接触のない同類の仲間にも伝播《でんぱ》していくという現象のことなの。ライアル・ワトソンは便宜《べんぎ》上、その一定数という閾値《しきいち》を百匹としただけでね。閾値がいくらになるかはわからないの」

祐一は疑念を持って尋ねた。

「最上博士は本当に百匹目のサルという現象があるとお考えですか？」

「わたしたちの集合的無意識はつながっているという話をしたことがあるでしょう」

人間の意識は顕在意識と潜在意識の二つに分かれており、自覚のできない個人の潜在意識はさらに深いレベルの集合的無意識という領域において、世界中の人々とつながっているという。個人の意識はよく海上に浮かぶ氷山にたとえられる。海面から出た部位が顕在意識で、海面から下が潜在意識、そして、すべての氷山が浸かっている海が集合的無意識である。

「わたしたちは集合的無意識でつながっているのね。誰かが何かをできるようになったとき、他の誰かもまた、わたしにもできる、と確信する。たとえば、ずっと日本人は百メートル走で十秒の壁は破れないと思われていたのに、たった一人が九秒台を出した途端に、次々と九秒台を出す人が現れたりね。そういうことがあるの」

祐一は最上の至ろうとする恐るべき結論に気づいた。

「まさか、処女懐胎者が出たという報道を見た人たちが、自分も処女懐胎できると信じた結果、本当に処女懐胎してしまったというんじゃないでしょうね？」

「うん、そう言おうとしていたところ」

祐一と長谷部は絶句して顔を見合わせた。

「や、やべぇ。こりゃホントに男が必要のない世の中が来ちまうんじゃねぇか……」

長谷部がそんなことを言った。

祐一はひやりとさせられたが、すぐに冷静さを取り戻した。

「まあ、最上博士が正しいか否かは、その処女懐胎者がマリア・ウイルスに感染しているかどうかを調べてみればわかるでしょう」

「うん、そうだね」

最上博士はにこりと微笑んで、ドライマティーニに口をつけた。


祐一は心地よく酔っぱらっていた。こんなに気持ちのよいお酒は久しく経験していなかった。処女懐胎事案は国家的破滅をもたらしうる重大な事件だった。自分たちの力でなんとか解決へと導けたことに誇りを感じていた。

宿敵、榊原茂吉との対決も終えた。肩の荷が下りたのだろう。

家族のもとに早く帰ろう。母と娘が待つ家に。

帰路の間、祐一の心は弾んでいた。何だか夢の中にいるみたいだった。

町田のマンションにたどり着き、ドアを開けて、「ただいま」の声を投げたとき、返事がなかった代わりに、リビングのほうから明るい笑い声が聞こえた。

星来が笑っている。母の笑い声も聞こえた。

祐一は「ただいま」と再び言おうとしてやめた。

他の誰かの笑い声が聞こえた。女の笑い声だ。

祐一の足がもつれた。何とか靴を脱ぎ捨て、転びこむように廊下に上がった。

「亜美……」

口からその名が零《こぼ》れ落ちた。

祐一はリビングの戸口に立った。

母の聡子と星来がソファに座って明るく笑い合っていた。何か楽しいことでもあったのか。

「パパ」

祐一に気づいた星来がぱっと輝くような顔を向けた。

「お帰り」

母もまたやさしい声をかけてきた。

祐一はしばし茫然と立ち尽くした。亜美の声の幻聴を聞いたようだった。

なぜかほっと安堵のため息をついた。

テーブルの上には祐一の大好物であるとんかつが並べられていた。千切りにしたキャベツ、なめこの味噌汁とおしんこも一緒に。

「おいしそうだね」

祐一は相好《そうごう》を崩した。

母が微笑む。

「祐一、このところ忙しかったでしょう。今日は早めに帰宅できるっていうから、祐一が大好物のとんかつをつくって待っていたのよ。星来ちゃんも大好物だしね。遺伝したのかしらね」

「好物まで遺伝するのかね」

三人は楽しい夕食をともに過ごした。

団欒《だんらん》したあと、祐一は一階上の自室へ上がった。シャワーを浴びて部屋着に着替えると、ノートパソコンの前に腰を下ろした。

いつものようにトランスブレインズ社のアプリを起動すると、冷凍保管庫内部に銀色のポッドが立ち並ぶ映像が現れた。アプリを操作して、そのうちの一つのポッドを映した。楕円形の小窓から美しい女の顔が覗いた。

「亜美」

祐一は動かない亜美を見つめた。

「もうすぐきみに会えるかもしれないよ。現代の科学技術の力で、きみを再びよみがえらせることができるかもしれない」

いつもは亜美の声が心に聞こえるのに、今日は何も聞こえてこなかった。

祐一は急に不安に駆られた。亜美を生き返らせることは自分の勝手なエゴではないか、と思えてきたのだ。トランスブレインズ社で冷凍保管されている事実を亜美は知らない。生前に許可を取ったわけではない。

「亜美、すまない。おれはきみにもう一度会いたかったんだ。もっと生きてもらいたかったんだ。星来を……成長した星来を見てもらいたかったんだ……」

祐一は祈るようにして泣いた。

どのくらい経っただろうか、スマホにショートメールの着信があった。誰だろうかと見てみると、無登録の相手からだ。

文面に目を通した。

小比類巻警視正

この度は、迅速な捜査にご尽力いただきまして、誠にありがとうございました。これで世界も救われ、われわれも救われました。あらためて感謝を申し上げます。

そのお礼として、トランスブレインズ社に冷凍保存されている亜美さんをわれわれのほうで厳重な管理のもとで預からせていただくことにしました。今日の科学技術力をもってすれば、亜美さんを解凍蘇生させることは可能です。あとは、ナノテクノロジーがもう少し発展すれば、人類はがんを克服できるでしょう。その日が来るまでの間、わたしたちがカール・カーンの代わりを務めます。

では、またお会いできる日を楽しみにしております。

フランシス・タニモト

もうすぐ亜美はよみがえるのだ。その思いをあらためて強くした。

自分は罪を犯したのだろうか。死者を生き返らせようとする罪を。後悔しても仕方がない。自分は引き返せない選択をしてしまった。罪ならば罰は甘んじて受けよう。いつかよみがえる亜美にゆだねたいと思った。

主要参考・引用文献

本著を執筆するに当たって、左記の著作物を参考にさせていただきました。一部ほぼ引用させていただいた箇所もあります。ありがとうございました。

『ウイルスと地球生命』山内一也　岩波書店
『ウイルスは生物をどう変えたか』畑中正一　講談社ブルーバックス
『新しいウイルス入門』武村政春　講談社ブルーバックス
『ウイルス・プラネット』カール・ジンマー　飛鳥新社
『迷惑な進化　病気の遺伝子はどこから来たのか』シャロン・モアレム、ジョナサン・プリンス　NHK出版
『まだ科学で解けない13の謎』マイケル・ブルックス　草思社

『構造主義進化論入門』池田清彦　講談社学術文庫
『「進化論」を書き換える』池田清彦　新潮文庫
『生物はなぜ死ぬのか』小林武彦　講談社現代新書

本稿ではサイエンスライターの川口友万氏にご協力いただきました。心から感謝を申し上げます。本文中に間違いがあれば、著者の責任ですので、ご了承のほどお願い申し上げます。

本作はフィクションであり、作中の登場人物、事件、団体、商標などは、実在のものとは関係がありません。作中で触れられている科学的事象に関しましては、過去のSFが現実になる時代において、基本的に事実のみを記載しています。物語をエンターテインメントにするための論理の飛躍は多少行いました。人類の叡智の結晶である科学はわれわれにユートピアをもたらしてくれるかもしれませんが、良識と良心を失えば、それがディストピアにもなりかねません。読者のみなさまには、科学の素晴らしさと幾ばくかの危うさを、ミステリーの中で、楽しんでいただけましたら幸いです。

（著者）

解説

山前《やままえ》　譲《ゆずる》
（推理小説研究家）

若き天才科学者である最上友紀子《もがみゆきこ》の知見がちりばめられたサイエンスミステリーと、警察庁刑事局刑事企画課の小比類巻祐一《こひるいまきゆういち》警視正を中心とした警察ミステリーの、ハイブリッド・エンタテインメントとして好評のうちに巻を重ねてきた中村啓氏のＳＣＩＳシリーズは、本書が五冊目となった。

青森県の戸来《へらい》に住む十一歳の少女が性交渉なしに妊娠したというニュースは世界的な話題となる。警察庁刑事局刑事企画課の島崎《しまざき》課長は、国際問題に発展する可能性があると、部下の小比類巻に捜査を命じた。かくしてＳＣＩＳがまた立ち上がる。

最先端の科学技術の絡んだ不可解な事件を捜査するために特別に編成された捜査班である〈サイエンティフィック・クライム・インベスティゲーション・スクワッド〉、すなわち〈科学犯罪捜査班〉の略称がＳＣＩＳだ。今回は処女懐胎の謎を追っていくが、それはやはり過去の事件と絡み合っていくのだった。

処女懐胎あるいは処女受胎の伝説は、日本を含めて世界各地にあるようだが、一番知られているのは聖母マリアのイエス・キリストの受胎だろう。キリストが神の子であるとされる重要なエピソードだが、それはシリーズのメインテーマに直結する。すなわち、

「生」と「死」——それが問題だ。


というフレーズが、これまでＳＣＩＳが関わってきた事件を端的に語っているからだ。「生か死か」ならシェークスピアの『ハムレット』だが、ＳＣＩＳは科学的にその根源に迫っていた。人はなぜ生まれ、そして死んでいくのか。もちろんそれは人間にとって今のところ逃れられない生物学的な事象であり、目をそらすことのできないものだが、それを受け入れられない思いを抱いている人が多いのも事実だろう。

二〇一九年十一月に刊行されたシリーズ第一作の最初の事件は、男性の妊娠だった。マタニティ・クリニックの院長である六十三歳の男性が、腹部を切り裂かれて殺される。その腹腔内に子宮があり、なんと女の子を妊娠していたのだ。移植された子宮での妊娠

はたしかに可能なのだが、まさか男性が？　さらに、ＡＩを搭載した知能を持つロボットが殺人犯としか思えない事件や、脳に埋め込まれたマイクロチップが死を招いた事件がつづいていくのだった。

シリーズ第二作では、死を判定された人々が生き返る怪奇な出来事や自分はもう死んでいると言い張るコタール症候群、そして血液が異様に固まっている死体の謎に挑んでいる。シリーズ第三作ではゲノム編集やクローンが、そして第四作では不可解な若者の自殺が起こったりフランケンシュタイン博士が生みだしたような怪物が現れたりと、ＳＣＩＳが捜査する事件は、最新の知見を背景にした現代科学のある分野を極めていく展開となっていた。

このシリーズがここまで「生」と「死」にこだわるのは、最上友紀子の宿敵となっている榊原茂吉《さかきばらもきち》の強い思いがあってのことである。古都《こと》大学名誉教授でライデン製薬相談役の彼は、トレードマークの総白髪と、身長一九〇センチ近い巨漢で威厳と威圧感を放っている。日本生物進化学会など複数の学会の会長を務め、次期ノーベル賞候補との呼び声も高い。その榊原が一番力を注いでいるのが不老不死の研究なのだ。

作中でも語られているが、人間がなぜ死ぬのかは実はよく分かっていない。他の生物では寿命がないものもあるという。種として捉えると、遥か昔から生き延びてきた生物もいる。しかし今のところ、「生」を得た人間には必ず「死」が訪れる。そしてその「死」を恐れるが故にもがきあがくのも人間である。

中国を初めて統一した秦の始皇帝が、不老不死に注力したのはよく知られている。二〇〇二年に発見された木簡には、始皇帝が「不老不死の薬を探せ」と命じたことが記されていたものがあったという。その始皇帝に「東方海上の三神山に不老不死の霊薬がある」と進言して旅立ったのが徐福《じょふく》である。その渡来伝説は日本各地にも残されているが、始皇帝は紀元前二一〇年、四十歳を前にしてこの世を去っているから、不老不死の薬が発見されなかったことは明らかだ。

ただ、今六十代半ばの榊原はそうした薬には頼っていない。自身のクローン人間を作製してしまうのだ。それは単純に肉体を複製するだけではない。意識と記憶をも転送している。それによって自身が永遠に生き続けようとしているのだ。その榊原のクローンがシリーズのこれまでの事件に深く関わってきた。そして、カール・カーンを会長とする、科学技術により人類という種を進化させることを目指す組織、ボディハッカー・ジャパン協会が事件の背後に見え隠れするのだった。

榊原をマッド・サイエンティストと単純に断定してはいけないだろう。クローンが大きな話題となったのは二十世紀末に報告された羊のドリーだが、人間への応用の可能性は否定されていない。また、iPS細胞を用い、受精卵を使わずにクローン人間を作製できる可能性も研究されている。

一方、どうやら百二十歳台がいまのところマックスのようだが、個々の寿命が延びているのは間違いない。病気の治療法の発展があってのことだが、いわゆる健康寿命も話題となることが多いし、アンチエイジングのような加齢への関心はますます高まっている。やはり「死」はもちろんのこと、老化でさえ誰でも忌避したくなるのだ。

ただ、榊原と最上との根本的な対立は「死」ではなく「生」にあった。地球上に最初に誕生した生命体、全生物共通祖先（LUCA《ルカ》）が進化し、やがて細菌やアメーバなどが生まれ、植物、動物、そして人類が誕生した……。チャールズ・ダーウィンの進化論をベースにした榊原の理論に対して真っ向から刃向かったのが最上だった。ウイルス進化論を唱えたのである。

地球上の生物を進化させるためにウイルスは存在してきた。人類はウイルスによって進化するのだ。榊原は自身の絶大なる権威をもって、そう理論化する最上を徹底的に排除するのだった。やむなく最上は八丈島《はちじょうじま》の自身の研究室に引き籠もることになる。研究者としては引退状態にあったその彼女を犯罪捜査の場に導いたのが、大学時代からの知り合いの小比類巻なのだ。

ただ、その榊原がここではなかなか姿を見せない。ライデン製薬の関係者もしばらく連絡が取れていないというのである。何があったのか？　しかし、その榊原に比肩するマッド・サイエンティストが登場し、処女懐胎に隠された謎が深まっていく。

不妊治療が進んでいる今、処女懐胎は非現実的なものではないようである。結婚関係にありながらも、性交渉を望まず、人工授精によって出産する事例も最近はあるようだ。しかしここでは、ある科学者の危険な思い込みが、ＳＣＩＳを処女懐胎の謎解きに誘っている。

地球上の生物の生と死の問題は、つまるところ地球の死に収束するだろう。いずれ太陽は赤色巨星となり地球の軌道を超す大きさになる。それは今のところ五十億年後と見積もられているようなので、喫緊の危機ではないのだが、そうなってしまえば「生」も「死」もない。どこかに移住しなければ人類は滅亡するのだ。

そんなサイエンス的な興味と警察小説とのハイブリッドは、社会派ミステリー的な展開もあってちょっと堅苦しいと思えるかもしれないが、最上友紀子のとぼけた振る舞いがそれを中和してくれる。

シリーズ第一作では、〝身長は一五〇センチ少々、非常に華奢《きゃしゃ》で、見ようによっては中学生に見える〟と紹介されていた。ホテルのバーなどでお酒を飲もうとして咎められるのは、このシリーズでのお馴染みのシチュエーションである。また、飛行機嫌いで、SCISの捜査に加わるのには必ずフェリーを利用するというこだわりや、スイーツ好きというちょっとお茶目なキャラクターも楽しい。一方で、同僚の准教授が殺された過去の事件が、彼女に憂いを漂わせている。

そしてSCISで一番「生」と「死」にこだわっているのはじつは小比類巻だ。ガンを患った妻への切ない思いが、シリーズ各作で、そして本書でもひしひしと迫ってくる。クローンが彼にとって逃れられない存在ということが明らかになっていく。そして永遠の命を望んでいる榊原の「生」と「死」――。最先端のリアルな科学情報を織り込んでサスペンスフルに展開しつつ、人間としての情愛を忘れない中村啓氏の今後の作品に期待する人は多いだろう。

光文社文庫

文庫書下ろし
SCIS《エスシーアイエス》 科《か》学《がく》犯《はん》罪《ざい》捜《そう》査《さ》班《はん》Ⅴ　天才《てんさい》科《か》学者《がくしゃ》・最《も》上《がみ》友《ゆ》紀《き》子《こ》の挑戦《ちょうせん》
著　者　中《なか》　村《むら》　　啓《ひらく》

2021年12月20日　初版1刷発行

発行者　鈴　木　広　和
印　刷　新　藤　慶　昌　堂
製　本　榎　本　製　本

発行所　株式会社　光　文　社
〒112-8011　東京都文京区音羽1-16-6
電話（03）5395-8149　編　集　部
8116　書籍販売部
8125　業　務　部

ISBN978-4-334-79281-7　Printed in Japan

組版　萩原印刷